中华远古神话衍说
三皇五帝

刘勤 等著

尧帝神话

禅让之始

生活·读书·新知 三联书店

Copyright © 2020 by SDX Joint Publishing Company.
All Rights Reserved.

本作品版权由生活·读书·新知三联书店所有。
未经许可,不得翻印。

图书在版编目(CIP)数据

禅让之始:尧帝神话 / 刘勤等著. ——北京:生活·读书·新知三联书店,2020.8
(中华远古神话衍说·三皇五帝)
ISBN 978-7-108-06773-9

Ⅰ.①禅⋯ Ⅱ.①刘⋯ Ⅲ.①神话—作品集—中国 Ⅳ.①I277.5

中国版本图书馆 CIP 数据核字(2020)第 025172 号

责任编辑	杨柳青
封面设计	刘　俊
责任印制	黄雪明
出版发行	生活·讀書·新知 三联书店
	(北京市东城区美术馆东街22号)
邮　　编	100010
印　　刷	常熟高专印刷有限公司
版　　次	2020年8月第1版
	2020年8月第1次印刷
开　　本	650毫米×900毫米 1/16 印张 14
字　　数	126千字
定　　价	43.00元

总　序

小时候，听长辈讲长征的故事，通常会这样开始："自从盘古开天地，三皇五帝到如今，历史上还从来没有过我们这么伟大的长征……"那时觉得盘古开天、三皇五帝等传说，离我们很遥远很遥远，有一种悲壮、辽阔、深邃的感觉，却是深深地刻印在心底。后来知道，那是中华民族壮丽史诗的开篇，不由得萌生出一种很崇高的感觉。

盘古开天的故事，早在两汉后期的史书中就有记载。据说当时天地一体，混沌难分。盘古君龙首蛇身，嘘为风雨，吹为雷电，开目为昼，闭目为夜。后来，他的故事在民间传播得更加神奇，说是一天醒来，见四周黑暗，他便抡起大斧劈开去，混沌的天地就这样被分开了。此后，他的呼吸，他的声音，他的双眼，他的四肢，还有他的肌肤，化作流动的风云,震耳的雷鸣,明亮的日月,辽阔的大地,奔腾的江河……从此,盘古就成为后人心目中开天辟地创造人类世界的始祖。

三皇的记载,众说纷纭。李斯的说法很权威。《史记·秦始皇本纪》载李斯的话说:"古有天皇、有地皇、有泰皇。"这样说又很笼统,于是又有人把它坐实,出现了女娲、燧人、伏羲、神农、祝融等具体人名。至于五帝,分歧就更多了。司马迁依《世本》《大戴礼》,以黄帝、颛顼、帝喾、唐尧、虞舜为五帝。而孔安国《尚书序》、皇甫谧《帝王世纪》、孙氏注《世本》,则以伏牺、神农、黄帝为三皇,少昊、颛顼、高辛、唐尧、虞舜为五帝。

在中国人的心目中,三皇五帝是华夏各民族的始祖,围绕着他们的各种神话传说格外丰富。如"绝地天通""羲和浴金乌"等,反映了人类早期通过幻想对天地宇宙、人类起源、自然万物的探索;"仓颉造文字""嫘祖始蚕桑"等神话故事既充满幻想,又很接地气;"后羿射骄阳""青要山武罗"等故事主人公敢于抗争,锲而不舍,体现出一种为大我牺牲小我的精神;"象罔寻玄珠""许由拒帝尧"等故事,描写的虽是身边琐事,但蕴含的却是大道理。这些故事,散见于群籍,需要有人作系统的整理,让更多的读者去理解、去欣赏。早年,沈雁冰(茅盾)先生著《中国神话研究》说:"中国神话不但一向没有集成专书,并且散见于古书,亦复非常零碎，所以我们若想整理出一部中国神话来，是极难的。"上世纪八十年代，袁珂先生筚路蓝缕，系统地研究中国神话，推出了一系列成果。其中《中国古代神话》是一部普及性的读物，从世界是怎样形成的开始，分十章描述了女娲补天的壮举、黄帝与蚩尤的战争、帝舜与帝喾的传说、嫦娥奔月的故事、鲧禹治水的功绩等，初步梳理出了中国远古神话的发展线索。同是蜀人的刘彦序君耗时十载，踵事增华，编纂了这部《中华远古神话衍说·三皇五帝》，继续完成这项"极难的"整理工作。作者以大家所熟悉的"三皇五帝"为纲，从创世之母，女娲神话说起，依次叙述了伏羲、神农、黄帝、颛顼、帝喾、尧帝、舜帝等与其臣僚、配偶、子嗣、敌友的错综关系以及相关神灵故事和神话传说，将纷繁复杂的远古神话故事，条分缕析，构成八个系列，广泛涉及文学、神话学、民俗学、宗教学、美术、音乐、教育学、心理学等多个学科，充分吸收近年来学术界的研究成果，多有创获。

首先是体例新颖。八个系列包含了八十篇故事。每篇分为四个部分，即"原典""今绎"（故事）"注释"和"衍说"。每则故事，都是基于作者的综合研究，用简练、诗化的现代语言讲述出来。"原典"既包括神话原典，也包括学界成果，说明"今绎"的故事，言必有据。"注释"是对故事中的一些疑难字词加以注音释义，尤其是一些神话人名和地名。作者在叙述中华远古神话传说演变的过程中，又站在

"如今"的立场上,从历史学或神话学的角度,对这些神话故事进行了专业"衍说",一则交代神话故事及相关背景、历史事件、象征意义,二则阐释经典神话中的审美价值、教育意义。这种结构方式,使得这部著作别开生面,不仅能为普通读者,特别是青少年读者所接受,就是对于各行各业的成年读者来说,也具有相当积极的参考意义。

其次是立意高远。这套书有别于传统的耳熟能详的神话叙述方式,而采用多种形式,对中华远古神话进行独特深入的挖掘,拓展丰富了神话的内容和形式,揭示出我们的先民在创业过程中的艰辛劳作、丰功伟绩以及留给后人的启迪。如尧帝篇"偓佺献松子"的故事,作者在"衍说"中指出,人生的价值不止于长生,甚至可以说,相对于精神的不朽,肉体的长生就显得黯然失色了。人是要有一种精神的,这是我们的基本信念。所以司马迁在《报任安书》中说:"人固有一死,或重于泰山,或轻于鸿毛……"《老子河上公章句》也说:"人所以生者,以有精神。"又如感生神话,突出母子之爱;嫘祖神话,突出勤劳勇敢、乐于助人;夔神话,突出"多行不义必自毙";玄珠神话,突出正心诚意、无为而为;武罗神话,突出为了大我而牺牲小我的抉择。很多神话传说,蕴含着丰富的爱国主义、推己及人、悲悯人生、团结友爱、英雄主义等情怀,给现代教育增添了新的血液。

第三是雅俗共赏。作者满怀激情,通过诗意的语言,将遥远的神话传说带到当下。全书还配以大量插画，以普通民众喜闻乐见的方式传达深刻的人生道理，充满了诗情画意。人物的面貌与服饰，唯美、怪异、神秘，呈现出典型的东方色彩，营造出了神秘的神话氛围。图文并茂，生动活泼。通过这些神话故事，作者试图说明：神话的美，不仅在于它的奇幻和瑰丽，更在于它所体现出来的对人类的终极关怀。中华远古神话反映出人类共同的心理需求，是人类把握世界、认识世界的一种方式，也是一种重要的文化力量。

读罢全书，我很自然地就会想到毛泽东同志在《论反对日本帝国主义的策略》中说过的话。在这篇文章中，他把中国工农红军的伟大长征与盘古开天、三皇五帝联系起来，说自从盘古开天地，三皇五帝到如今，"我们中华民族有同自己的敌人血战到底的气概，有在自力更生的基础上光复旧物的决心，有自立于世界民族之林的能力"。中华民族在漫长的发展进程中，逐渐形成了共有的文化血脉。维护国家的统一，追求民族的昌盛，满足人民的幸福，是我们这个古老民族的根本所系，更是我们民族的精神象征。从这个意义上说，重新解读、理解三皇五帝的故事，其实也是一种寻根，就是要从根本上追寻我们这个古老民族的文化基因，固本培元，凝心铸魂。后世的中华帝王庙，往往以炎黄二帝作为华夏始祖，正是中华民族不忘本来、开创未来的象征。我们的文化教育工作者，就是要像总书记所要求的那样，通过自己的专业知识,从根本上讲清楚我们国家和民族的历史传统、文化积淀、基本国情;讲清楚中华文化积淀着中华民族最深沉的精神追求,是中华民族生生不息、发展壮大的丰厚滋养;讲清楚中华优秀传统文化是中华民族的突出优势,是我们最深厚的文化软实力;讲清楚中国特色社会主义植根于中华文化沃土、反映中国人民意愿、适应中国和时代发展进步要求,有着深厚的历史渊源和广泛的现实基础。

　　诚如作者所说,神话是一个民族的"本",是人类的"本"。我们需要从三皇五帝的故事传说中、从中华优秀传统文化中汲取养分和智慧,站稳脚跟,自觉延续文化基因,增长民族自尊心和自豪感。这是中华民族生存发展之本,凝心聚力之魂。今天的中国人,正豪迈地行进在新时代的伟大长征途中。在我们每个人的背后,都有一个长长的影子,那不仅仅是个人的身影,还有着厚重的民族文化的底色。刘彦序君通过独特的著述方式,把遥远的三皇五帝,清晰地展示在我们面前,如此近切,如此生动,有助于我们更好地理解我们的过去、现在和未来,也有助于我们更好地理解自己。

　　正基于这样的认识,我积极推荐《中华远古神话衍说·三皇五帝》。

刘跃进
己亥岁末写于京城爱吾庐

开 篇

　　人的历史，不仅有物质的历史，更有共尊共传的精神史。

　　神话，是一个民族的记忆和血性，也是人类共同的智慧和梦想。

　　再也没有比神话更惹人争议的事物了。这里我不去说它饱含的复杂理论和深奥学问，我关注的是人与神话本身。

　　古往今来，不知有多少文人骚客钟情于神话。庄子演神话为寓言，李白借神话抒逸篇，干宝铸伟史于志怪，松龄寄情怀于狐仙。经、史、子、集中，哪一处没有神话的身影？及至当代，神话又变换身姿，通过影视、新媒，一再地被创造、演绎并发酵。

　　神话并不仅仅是以一种高高在上的姿态存在，实际上更多时候，它是"随风潜入夜，润物细无声"般地融入我们生活的方方面面。比如，我们即使知道自己是父母所生，却仍骄傲地称自己为"龙的传人"。神话已然成为一种符号、象征,以及打上了民族烙印的精神寄托。

曾几何时,中国神话"零散、不成系统"的结论,似乎已经由老一辈神话学学者和民俗学家的阐释,深入人心。曾几何时,中国人艳羡希腊北欧神话,感叹我们的永久性缺失。然而,经过多年的神话研究我才发现,中国神话并不寥落,只是亟待钩沉和连缀,亟待唤醒并将其转变为一股催人奋发的力量。

不可忽视,在浩如烟海的中国古籍中,频频出现神话;而今华夏大地上,仍不断地滋生着新的神话。如梦,如烟,如螭龙,如钟磬,谁能摹状它的奇美灵动、它的细微浩瀚、它的庄严怪诞?它似乎始终有一种摄人心魄的力量,让人努力地超越"人"的世俗,而走向神圣的境地。

近半个世纪的神话学研究,在相近学科的成长之下,迎来了短暂的辉煌。一批神话资料的整理、分析和研究,以及比较研究,都取得了可喜成绩。然而,如同大部分社会科学的科研成果一样,它们被束之高阁,远离众生,自然也难以为人们所接纳。我们的此套丛书,算是科研转化的开山之作吧!

20世纪80年代前后,曾有一批知名画家为神话画过插图,付梓即成经典。后来,出版社不断翻印,可惜无论在形式还是内容上,40年来实在没有实质性突破。所以至今大家耳熟能详的仍然莫过于《盘古开天》《女娲补天》《精卫填海》《后羿射日》《嫦娥奔月》等寥寥几篇而已,大量神话无处寻踪，又或杂糅后起传说故事、童话、鬼话以及西方神话寓言故事，在时间、类别、精神、体系上完全不加甄别，引起读者的混淆。但是，值得注意的是，这寥寥几篇神话自诞生以来被万千次地引用，蕴含其中的中华文化基因和精神特质，每每让读者升起民族自豪感，产生奋起前行的活力。这又足以说明，中华神话作为民族文化之经典，即使过去千年，不仅不会褪色，反而如醇酒，历久弥芬。

因此，对中华神话的深入挖掘、整理，重新架构中华神话的完整体系，展示中华民族生生不息的文化基因和精神特质，是一项亟待进行的重要的文化工作。

"中华远古神话衍说·三皇五帝"即是首次对中国神话进行独特的挖掘、整理、改编、注解、评说的系统文化工程，前后耗时十载。丛书以"三皇五帝"为纲。

所谓"三皇五帝"，就是"三皇五帝时代"，又可称为"神话时代""上古时代"或"远古时代"。近现代考古发掘证明，这个时代很有可能如传说那样存在过。但是，"三皇五帝"的世系属后人伪造，所列顺序也并非是前后相继的关系。然"三皇五帝"之称由来已久，它承载着相当丰富的神话、历史信息，也经历了从神化到人化，再从人化到神化的复杂过程。至于"三皇五帝"到底是哪"三皇"哪"五帝"，历来众说纷纭，莫衷一是。

先来说"三皇"。"三皇"之称，说法众多，如天皇（伏羲）、地皇（神农）、泰皇（少典）、人皇（少典）、燧人、伏羲（太昊）、神农（炎帝）、女娲、黄帝、共工、祝融等。在此聊举三种。一说是燧人、伏羲、神农（见《尚书大传》《风俗通义》《白虎通》）；一说是天皇、地皇、泰皇（见《史记》），或说天皇、地皇、人皇（见《春秋纬·命历序》）；还有说是伏羲、女娲、神农（见《春秋纬·运斗枢》《春秋纬·元命苞》）。迄今为止，学术界普遍认为，人类历史上最早出现的神灵皆为女神，后经父系社会的改造而男性化、男权化，"三皇五帝"也是如此。故今在选择"三皇"时，采用汉代纬书《春秋纬·运斗枢》《春秋纬·元命苞》的说法，并将创世女神女娲置于三皇之首。

再来说"五帝"。"五帝"之称，说法也多。如黄帝、颛顼、帝喾（高辛）、尧、舜、大暤（伏羲、太昊）、炎帝、少暤（少昊）、青帝（太昊）、白帝（少昊）、赤帝（炎帝）、黑帝（颛顼）等。在此聊举三种。一说是黄帝、颛顼、帝喾、尧、舜（见《国语》《大戴礼记》《吕氏春秋》《史记》）；一说是宓戏（伏羲）、神农、黄帝、尧、舜（见《战国策》《庄子》《淮南子》）；一说是太昊、炎帝、黄帝、少昊、颛顼（见《礼记》《潜夫论》）。以第一种说法最多，故今从其说。

此外，"三皇"与"五帝"的搭配又有多种；"三皇五帝"与诸多神灵的关系也纷繁复杂。比如，黄帝、炎帝、蚩尤之间的关系，神农与炎帝之间的关系，夸父、蚩尤、炎帝、祝融之间的关系，颛顼与少昊之间的关系错综复杂，一直都是研究上古史最大的疑案、悬案。

又如，长期以来，炎帝和神农合而不分。但《史记·五帝本纪》说"神农氏世衰"才有轩辕黄帝之世作，《国语·晋语四》又说:"昔少典娶于有蟜氏,生黄帝、炎帝。黄帝以姬水成,炎帝以姜水成,成而异德,故黄帝为姬,炎帝为姜。"可知,炎帝绝非神农,也不存在后裔或臣属关系。于此,崔述在《补上古考信录》中已有详论,兹不赘述。

那两者又为什么在后来合称不分了呢?"神农",顾名思义,是反映远古农业部落时代之称号,其神格与农业密切相关。故《风俗通义》说他"悉地力,种谷蔬,故托农皇于地"。《礼记·月令》也说,季夏之月"毋举大事,以摇养气,毋发令而待,以妨神农之事也"。而炎帝又为两河地区冀州中南从事农业生产部落之首领。大概正因为两者的业绩都与农业密切相关,又都似与黄帝部族有"对立"关系,故后来合二为一,长期以来不加分辨,便难分彼此了。

因此,本书钩沉古籍,对此虽有一定分辨,但考虑到两者的长期互融互渗现实,尤其是炎、黄的"对立"关系早已被弱化处理,所以作者有时也进行折中处理。再加上,本丛书"三皇五帝"中,神农为三皇之一,而炎帝未被列入,因此炎帝的故事被适当整合到了神农系列中。比如,在注重神农对于医药、五谷贡献的基础上,也不回避掺入炎帝的故事,唯其如此,才应是最"真实"的神话吧!

总之,本丛书以"三皇五帝"为线索架构故事,共80篇故事。每篇在体例上分为四个部分,即"原典""今绎""注释"和"衍说",颇具创新。"原典"是"今绎"改编的主要依据,既包括神话原典,也包括学界成果;"今绎"是科研转化的成果,是基于"原典"的改编,以简练、诗化的语言进行传述;"注释"是对文中疑难字词的注音注义,便于读者疏通文义;"衍说"是从历史学或神话学的角度,进行专业性和知识性的拓展,便于读者对中国神话有更加深入的认知。

改编所依据的原典遴选自上百种古籍,参考了后世研究文献和当今前沿成果,学术依据充分。改编时充分挖掘原典的精神内涵和想象空间。故事设置波澜起伏、耐人寻味。对每个故事的评说,力求见解独到,能给读者以启发。显然,本丛书在中国神话改编中所具有的创新性和前沿性,将为中国神话的接受和传播开创更为广阔的空间。

正所谓"本立而道生",神话就是一个民族的"本"、人类的"本"。神话本身所具有的认识功能、审美功能、符号象征功能,必将给我们以及后世子孙提供不竭源泉。中华民族诚然是一个博大坚韧、自强不息、富于希望的民族,这难道不是神话祖先和文化英雄们立人立己的精神为我们留下的璀璨瑰宝吗?

"问渠那得清如许,为有源头活水来。"江河东去,日月西行;回溯神话,云上听梦,不仅仅是探奇求胜的奇妙之旅,更是回归本心的家园之依啊!

彦序　上颐斋

2018 年 8 月 31 日

目录

总序/刘跃进 | 1

开篇 | 1

绪言 | 1

尧帝的诞生 | 1

【原典】 | 3
【今绎】 | 5
【衍说】 | 19

尧帝寻神木 | 21

【原典】 | 23
【今绎】 | 24
【衍说】 | 39

天降祥瑞 | 43

【原典】 | 45
【今绎】 | 46
【衍说】 | 59

偓佺献松子 | 61

【原典】 | 63
【今绎】 | 64
【衍说】 | 75

后羿射骄阳 | 77

【原典】 | 79
【今绎】 | 80
【衍说】 | 94

后羿杀怪兽 | 97

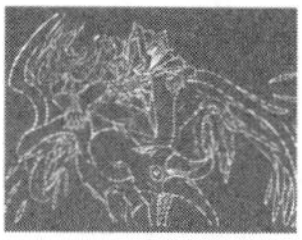

【原典】 | 99
【今绎】 | 100
【衍说】 | 115

| 棋痴丹朱 | | 117 |

【原典】	119
【今绎】	120
【衍说】	135

| 重明鸟 | | 137 |

【原典】	139
【今绎】	140
【衍说】	154

| 许由拒尧 | | 157 |

【原典】	159
【今绎】	161
【衍说】	171

| 尧帝禅位 | | 173 |

【原典】	175
【今绎】	177
【衍说】	190

| 后记 | | 193 |

绪 言

尧，五帝之一。姓伊祁，名放勋，因其先后居于陶（山西襄汾陶寺）、唐（山西临汾）二地，所以又号陶唐氏、唐尧。尧为帝喾之子，黄帝五世孙，是原始社会末期，即父系氏族公社后期部落联盟首领。相传尧继帝位时二十岁（一说十六岁），以平阳（今山西临汾）为都城，以火德兴，故又称赤帝。尧帝有圣德，仁慈爱民，功勋卓著，周听不蔽。在他的治理下，万邦和睦共处，基本形成了中原部落大联盟之态，出现了国家的雏形。

在《尚书·尧典》《论语·泰伯》《孟子·滕文公上》《礼记·中庸》《史记·五帝本纪》《韩非子·五蠹》《吕氏春秋·自知》等典籍中，都有对尧之事迹的记载以及对其品德的歌颂。尧的精神境界被儒家奉为典范和巅峰。《礼记·中庸》

说:"仲尼祖述尧舜,宪章文武。"《孟子·滕文公上》说:"孟子道性善,言必称尧舜。"既然儒家的"至圣"和"亚圣"都如此推崇尧舜,后来者就可想而知了。到《史记·五帝本纪》,司马迁说尧"其仁如天,其知如神。就之如日,望之如云"。推崇无以复加。

当然,相比于三皇和五帝中的黄帝、颛顼、帝喾来说,尧舜(舜比较特殊,见系列第八《德圣孝祖——舜帝神话》绪言)更具"人帝"(下帝)特征,与此相应,尧的故事也神性减弱,而人性增多。关于尧帝的神话传说,多是围绕着他的勤政爱民、朴实节俭、尚贤兼听,已半入历史范围。这种情况一方面与三皇五帝序列的人为构筑有关(尧舜被认为是最晚的),另一方面也与神话的历史化、理性化有关。但是,从古籍资料的蛛丝马迹之中,我们仍然可以窥见尧帝"古史"中的"神话"因素,而且关于他的"造神"运动,也一直在不断上演。

本册《禅让之始——尧帝神话》,共精选了与尧帝相关的10个神话故事,分别是《尧帝的诞生》《尧帝寻神木》《天降祥瑞》《偓佺献松子》《后羿射骄阳》《后羿杀怪兽》《棋痴丹朱》《重明鸟》《许由拒尧》《尧帝禅位》。讲述了尧帝时发生的故事,歌颂了尧帝的圣德、功绩。

《尧帝的诞生》是则感生神话。讲述了帝喾的妻子庆都和父母一起坐船出去游春,当小船行驶到三河河面的时候,忽然刮起了一阵狂风。一条矫健的赤龙随之出现，但庆都并不害怕。返程时赤龙又出现了，并一直护送他们回家。当天夜晚，庆都睡得迷糊时，赤龙又从窗子飞进来与她交谈。醒来时，庆都发现身边有张画像。后来她怀孕14个月生了尧。孩子的相貌正如画中人。尧从小就表现出过人的才智，再加上母亲教导有方，后来终于成为明君。

《尧帝寻神木》是则灵物故事。讲述了帝挚当政时，长期施行暴政。官员欺软怕硬，老百姓敢怒不敢言。尧帝继位后，这种情况最初仍未得到改善。当时民间流行着一种说法，说谁得到"诽谤木"，谁就是明君贤王，天下归心。尧帝于是便踏上了寻找"诽谤木"的征程。路途遥远而艰辛。一路上，尧同情乞丐，将自己所剩不多的干粮给他们；他体恤属下，让他们坐船而自己徒步；他心忧天下，带病日夜兼程。"诽谤木"终于自动现身。原来，"诽谤木"也一直在考验尧。后来，尧将"诽谤木"立于城门外，大家都争前恐后地前去建言献策，民主之风逐渐推广。

《天降祥瑞》是则灵物故事。讲述了尧帝身为帝王，却能与百姓们同甘共苦。尽管大家都觉得尧帝的生活过得太艰苦，但他自己却甘之如饴。他一心为民的赤诚，感动了上苍。家中的稻草突然变成了谷粒饱满的嘉禾；台阶上长出了可以计算日子的蓂荚；祥瑞之物神龙、凤凰等纷纷来到他的庭院。但是尧帝功成而不居。他将得到的嘉禾、蓂荚等用于改善老百姓的生产和生活，赢得了大家的拥护。

《偓佺献松子》是则颇有寓意的小故事。它讲述了槐山上的神仙偓佺感念尧帝的仁爱，想把能延年益寿的松子送给尧帝吃，让他长生不老。然而尧帝太忙了，偓佺四处追着尧帝的脚步跑都没有找到他，最后只得把松子放在尧帝家里的桌上。因为事务繁忙，尧帝到处奔波，根本没有时间吃松子。他活到九十多岁就死了。百姓们哭得像死了自己的父母一样伤心。有个老头却嘲笑尧帝傻：明明有延年益寿的松子不吃，所以才不得长生。但一个智者却道出了生命的真谛：生命不在于长短，而在于它的价值。

《后羿射骄阳》讲述的是尧帝之时，十日并出，人间灾难丛生。为了拯救苍生，尧帝和众人想了很多办法，但都失败了。无奈之下，尧帝准备献祭自己。后羿挺身而出，阻止了尧帝。他好言劝十日回汤泉，但十日不听。如此再三。最后，后羿忍无可忍，遂用当年帝喾赠送的彤弓银箭，射掉了九个太阳。从此，人间恢复了太平。

《后羿杀怪兽》承继上一故事，讲述后羿射日之后，人间获得了短暂的安宁。但很快，各种猛兽又出来为祸世间。本来后羿射日之后疲惫万分，神力丧失大半，但仍毅然决定为民除害。他先后射杀了猛兽凿齿、九婴、封豨、修蛇、猰貐等，又收服了猛禽大风等。人间终于又恢复了安宁祥和。大家崇拜后羿的神勇，连小孩子都开始学习拉弓射箭。

《棋痴丹朱》讲述的是尧帝的儿子丹朱的故事。丹朱是尧的长子。人们对父亲尧的赞美不绝于耳，所以他从小就崇拜父亲。但因为尧长年在外，丹朱因缺乏父爱而产生了强烈的逆反情绪。尤其是一次丹朱因失手重伤别人被父亲狠狠地揍了一顿后，就变得更加玩世不恭。发生了大洪水，丹朱无聊至极，干脆把船放在洪水中，任船随波逐流；洪水消退，大船搁浅，他又吆喝人陆上行舟。看到儿子的所作所为，尧反省了作为父亲的失职，并发明围棋教丹朱。后来，丹朱痴迷围棋，终成围棋宗师。

《重明鸟》讲述了重明鸟惩恶除奸的故事。重明鸟是祇支国献给尧帝的国宝，因其每只眼睛里各有两个瞳孔而得名。它爱好光明，勇武无双，对于邪恶的黑暗力量，绝不姑息纵容。随着尧帝渐老，曾经被尧帝关在羽渊的妖怪们开始蠢蠢欲动。一群狼猪怪更是冲破牢笼，为害四方。重明鸟制服了狼猪怪，尧帝也再次施了咒语。世界恢复了和平，重明鸟却消失了。

《许由拒尧》是关于尧帝禅位的故事。尧帝年老，四处寻找帝位的继承人。他听说许由是个德行高尚的人，就亲自登门拜访，表明自己的意图。但是许由却拒绝了，还躲到颍水边去洗耳朵。巢父牵牛经过，对他的行为很是不解。许由说尧帝想要禅让帝位给他所说的那些话污染了他的耳朵。巢父一语道破，真正的隐士应该躲在深山之中，而不是像许由一样沽名钓誉。

《尧帝禅位》是上一故事的继续。讲述年迈的尧帝四处寻找帝位的继承人。他先后找到许由、子州支父、善卷等人，然而他们都推辞不就。大臣们推荐他的儿子丹朱和治理水患的共工，但是尧帝认为他们都没有足够的能力来治理天下。最后，尧帝听说历山有个叫舜的年轻人，勤劳、孝顺，待人有礼。于是，尧不远万里找到舜，经过一番观察和考验，尧帝放心地把天下交给了他。

最后，还有几点说明：

第一，本书与时著体例不同，尤其是每个故事后面的"衍说"，从专业角度拓展了该神话故事的相关文化知识和理论视野，指出了现实意义。但是，囿于作者的能力和识见，肯定有挂一漏万和阐释不当等不足之处，恳请各位善知识不吝赐教。

第二，故事叙述用诗行排列，力求简练、疏朗，凸显每个故事、人物的独特性和精神特质，故尽量避免出现复杂的人物关系，因此对有些形象进行简化甚至省略。读者若想获取全貌，不妨将单篇连缀起来阅读，或据"衍说"按图索骥。

第三，本书的神话故事，因所采文献博杂、零碎，有些故事原典之间本身矛盾龃龉。改编时，作者为避免削足适履之感，在基本遵循原典精神的前提下，有时据故事需要酌情取舍。此套丛书的编写虽有严格的文献依据,也有一定的专业性解说,但毕竟非严谨的神话学学术著作,或可视为学术研究向大众读物的下移,故更注重故事的可读性、神话性、文学性等,若要坐实历史或仅以学术标准核之,恐失作者初衷。

是为序。

彦序　上颐斋
2019 年 5 月 1 日

尧帝的诞生

刘勤 苏德 撰
谢鸿宇 绘

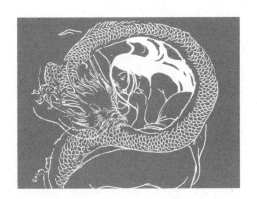

【原典】

○（战国）《竹书纪年》①："帝尧陶唐氏，母曰庆都。生于斗维之野，常有黄云覆其上。及长，观于三河，常有龙随之。一旦，龙负图而至，其文要曰：亦受天祐（佑）。眉八采，须发长七尺二寸，面锐上丰下，足履翼宿。既而，阴风四合，赤龙感之。孕十四月而生尧于丹陵，其状如图。及长，身长十尺，有圣德，封于唐。梦攀天而上。高辛氏（帝喾）衰，天下归之。"

○（汉）《春秋合诚图》（宋李昉《太平御览》卷八〇引）："尧母庆都有名于世，盖天帝之女，生于斗维之野，常在三河之南。天火雷电，有血流润大石之中，生庆都，长大形像天帝，常有黄云覆盖之。梦食不饥。及年二十，寄伊长孺家，出观三河之首，常若有神随之者。有赤龙负图出，庆都读之，赤受天运，下有图，人衣赤光，面八彩，须鬐长七尺二寸，兑上丰下，足履翼翼。署曰赤帝起，诚天下宝。奄然阴风雨，赤龙与庆都合婚，有娠，龙消不见。既乳，视尧如图表。及尧有知，庆都以图予尧。"

○（晋）皇甫谧《帝王世纪》："神农氏，姜姓也，母曰任姒，有乔氏之女，名登，为少典妃。游于华阳，有神龙首感女登于常羊。炎帝人身牛首，长于姜水，有圣德。以火承木，位在南

---

①《竹书纪年》：原为战国时期魏国的史书。古本已佚，今本为宋以后人伪托，记夏以来至周幽王事。

方,主夏,故谓之炎帝。都于陈。作五弦之琴。"

○(晋)皇甫谧《帝王世纪》(以《艺文类聚》卷十一、《太平御览》卷八〇、《初学记》卷九等参订):"帝尧陶唐氏,祁姓也。母曰庆都。生而神异,常有黄云覆其上。为帝喾妃,出以观河,遇赤龙,晻然阴风而感庆都。孕十四月而生尧于丹陵,名曰放勋。鸟庭荷胜,眉有八采,丰下锐上,或从母姓伊氏。尧初生时,其母在三阿之南,寄于伊长儒之家,故从母所居为姓也。"

○(宋)王钦若、杨亿等编纂《册府元龟》卷二《帝王部》:"尧母曰庆都,观于三河,尝有龙随之,既而阴风四合,赤龙感之,孕十四月而生帝于丹陵。"

○(宋)王钦若、杨亿等编纂《册府元龟》卷四《帝王部》:"帝尧眉八采,须发长七尺二寸,面锐上丰下,足履翼宿,身长十尺。"

○(宋)罗泌《路史》:"伏羲、高辛俱感巨迹,神农、唐尧俱感赤龙。"

【今绎】

一

帝喾有一个非常美丽的妻子,叫庆都①。
她是伊祁侯②的女儿,天资聪颖,温柔贤淑。
庆都与帝喾成婚之后,全心全意辅佐帝喾,
帮助他成就了一番大事业。
夫妻俩的美名在部落里广为流传。

二

有一年的春天,庆都陪着她的父母,
坐在一条小船上出去游玩。
中午时分,阳光温煦,小河两岸风景正好。

---

① 庆都:帝喾第三妃,为尧之生母。
② 伊祁侯:《史记》作"陈锋氏"。《史记·五帝本纪》:"帝喾娶陈锋氏女,生放勋(尧)。"

庆都站在船头,瞭望四周的美景。

庆都站在船头，瞭望四周的美景：
被苍翠的树木覆盖着的是连绵的群山；
被洁白的云朵点缀着的是明净的蓝天；
被五彩的蝴蝶追寻着的是迷人的花瓣。
庆都惬意地说："万物真是美丽极了！"

三

到三河①河面的时候，忽然刮起一阵狂风。
天上卷来一朵红云，在小船上形成扶摇直上②的龙卷风。
旋风里隐约有一条正在飞舞的矫健赤龙。
这老两口惊恐万状，可庆都却一点也不害怕。
不仅如此，你看，她还冲着那条赤龙笑呢！
夜幕降临，风停云散，赤龙便不见了。

---

①三河：汉代以河内、河东、河南三郡为三河，即今河南省洛阳市黄河南北一带。《史记·货殖列传》："昔唐人都河东，殷人都河内，周人都河南。夫三河，在天下之中，若鼎足，王者所更居也。"《后汉书·党锢传·刘祐》："政为三河表。"李贤注："三河，谓河东、河内、河南也。"唐颜真卿《陇西郡开国公李公神道碑》："虽汉之宗室，不典三河；而周之懿亲，先分二陕。"

②扶摇直上：扶摇，急剧盘旋而上的暴风。扶摇直上，形容上升得很快。唐李白《上李邕》诗："大鹏一日同风起，扶摇直上九万里。"出自《庄子·逍遥游》："抟扶摇而上者九万里。"

到三河河面的时候,忽然刮起一阵狂风。

天上卷来一朵红云,在小船上形成扶摇直上的龙卷风。

四

第二天,一家人准备启程回家。
不料乘船返回的途中,又刮起了大风。
天上又卷来一朵红云,红云里又出现了那条赤龙。
不过形体比之前要小一些,长约一丈左右。
看它并不害人,老两口也就没那么害怕了。
就这样,他们行船在前,赤龙护送在后。
直到庆都和她的父母安全地回到了家。

五

晚上,老两口都睡了,但是庆都怎么也睡不着。
她轻轻地闭上双眼,抿着嘴泛起了甜蜜的微笑。
蒙眬中,有一阵微风从窗外吹进来。
接着,那条赤龙也从窗外飞了进来。
庆都隐约记得赤龙和她说了些什么,
可醒来后,却什么也不记得了。
只发现周围有一些腥臭的唾液,
身旁还留下了一张沾满唾液的画。
这画上画着一个红色的人像:

她轻轻地闭上双眼,抿着嘴泛起了甜蜜的微笑。

蒙眬中,有一阵微风从窗外吹进来。

接着,那条赤龙也从窗外飞了进来。

长头发，尖额角，八彩眉①，重瞳目②，宽下巴。

画像旁边还有一行字：亦受天佑③。

六

庆都将这个梦告诉了帝喾，帝喾很惊讶。

没过多久，庆都就感觉自己怀孕了。

在庆都怀胎到第十四个月的时候，

有人听见西沟山脚下有"咕噜咕噜"的响声。

紧接着，从原本荒竭的地方，

冒出了一股股清凌凌的泉水，哗哗流淌。

泉水里还有两条金色的大鲤鱼在欢快地跳跃呢！

农历三月三日那天，尧出生了。

庆都拿出赤龙留下的画一看，很吃惊：

儿子居然生得和画上的人一模一样——

长头发，尖额角，八彩眉，重瞳目，宽下巴。

---

①八彩眉：旧说圣人或帝王之眉。《春秋元命苞》曰："尧眉八采，是谓通明，历象日月，璇玑玉衡。"

②重瞳目：长着两个瞳孔的眼睛。

③出自战国《竹书纪年》："帝尧陶唐氏，母曰庆都。生于斗维之野，常有黄云覆其上。及长，观于三河，常有龙随之。一旦，龙负图而至，其文要曰：亦受天祐(佑)。眉八采，须发长七尺二寸，面锐上丰下，足履翼宿。"

儿子居然生得和画上的人一模一样——

长头发,尖额角,八彩眉,重瞳目,宽下巴。

庆都给儿子取名叫放勋①。

七

帝喾知道庆都生了个儿子,非常高兴,
可他的母亲却在这时候去世了。
帝喾是个有名的孝子,为母亲的离去哭成了泪人。
他为母亲一连服孝三年,
也顾不上照料妻子庆都和刚出生的儿子。
庆都只好带着小放勋住在娘家,
直到放勋长大,才带他回到帝喾的身边。

八

放勋从小就气宇轩昂,才华出众。
他刚满一百天,就能开口说话,自己站起来走路;

---

①放勋:尧,姓伊祁,名放勋,帝喾之子,古唐国人(今山西临汾尧都区)。中国上古时期方国联盟首领,"五帝"之一。尧十三岁封于陶(山西襄汾陶寺)。十五岁,改封于平阳(今山西临汾),号陶唐氏。二十岁,尧代挚为天子,定都平阳。《尚书·尧典》:"曰若稽古帝尧,曰放勋。"陆德明《释文》引马融云:"放勋,尧名。"蔡沈《集传》:"放,至也……勋,功也。言尧之功大而无所不至也。"《史记·五帝本纪》:"帝尧者,放勋。其仁如天,其知如神。"

放勋从小就气宇轩昂,才华出众。

两岁的时候,就能举一反三,和大人们侃侃而谈。
不仅举手投足间表现出过人智慧,而且天生神奇。
夜晚,当帝喾教放勋在密林里打猎时,
放勋的八彩眉能发出亮光,照明前方,
放勋的重瞳目能看得很远,追踪猎物。

九

放勋的母亲庆都本来就是个制陶高手。
她一边教放勋学习和研究制陶技术,
一边教育他要树立远大理想,造福百姓。
十多岁时,放勋就不仅成了烧陶小能手,
还具有厚德载物①、敬老尊贤的品性,
以及乐善好施的情怀和兼济②天下的抱负。
据说,放勋出行,身边常有麟凤龟龙③相随,

---

①厚德载物:语出《周易》:"地势坤,君子以厚德载物。"意思是指君子的品德应如大地般厚实,可以承载万物。

②兼济:谓使天下民众、万物咸受惠益。《庄子·列御寇》:"小夫之知,不离苞苴竿牍,敝精神乎蹇浅,而欲兼济导物。"唐韩愈《争臣论》:"自古圣人贤士,皆非有求于闻用也……得其道,不敢独善其身,而必以兼济天下也。"

③麟凤龟龙:语出《礼记·礼运》:"麟凤龟龙,谓之四灵。"四灵是传说中象征吉祥、高贵、长寿的珍奇动物。实际上除了龟是实有的动物以外,麟(麒麟)、凤(凤凰)、龙都是想象中的动物。后来常用"麟凤龟龙"比喻品德高尚的人。

他走到哪里,哪里就长出高洁的兰草和灵芝①。

十

放勋还有一个同父异母的哥哥,叫挚②。

他从小就受到生母过分的宠爱,

无论要什么,他的母亲总是想方设法满足他。

后来帝喾退位,长子挚继承了王位。

但是,挚外强中干,脾气暴躁,

对于大臣们的忠告也置若罔闻③。

上天为了惩罚挚,便给人间降下许多灾难:

先是旱灾,紧接着又是虫灾、水灾……

---

①兰草和灵芝:常用于比喻高尚的美德。

②挚:传说是中国上古时期的君王,帝喾长子,常仪所生,号青阳氏。继承帝喾之位,九年后因才能平庸禅让给弟弟放勋(尧),如皇甫谧《帝王世纪》的记载;一说是挚的统治被推翻,如司马迁《史记》的记载:"帝喾崩,而挚代立。帝挚立,不善,而弟放勋立,是为帝尧。"

③置若罔闻:放在一边不管,好像没有听见一样。形容不重视、不关心。明朱国祯《涌幢小品》:"当中书言时,沈宜厉声力折,只因心中恼他,置若罔闻。"

百姓生活在水深火热中，挚却依然痴迷于享乐。
几年下来，大臣和老百姓都对他非常不满。

十一

放勋不仅天赋异禀，而且勤奋好学。
十五岁就受封于唐，大家尊称他为"唐侯"。
从那以后，他便辅佐哥哥挚管理国家。
与挚的残暴、专断不同，
放勋总是虚心听取大臣和老百姓的意见。
还常用鲧的例子，
阐发"兼听则明，偏信则暗"①的道理。
最后大家拥护他登上了王位，这就是尧帝。

---

①兼听则明，偏信则暗：意谓听取多方面的意见，才能明辨是非；听信单方面的话，就分不清是非。出自《管子·君臣上》："夫民别而听之则愚，合而听之则圣。"《资治通鉴·唐太宗贞观二年》："上（唐太宗）问魏徵曰：'人主何为而明，何为而暗？'对曰：'兼听则明，偏信则暗。'"

百姓生活在水深火热中,挚却依然痴迷于享乐。

【衍说】

"尧母感龙孕而生尧"的故事初载于何处已不可考,但第一次以完整故事形式展示给读者的是《竹书纪年》。稍后,汉代的《春秋合诚图》中也有类似的记载,由两者对比可知,后者添加了尧母为"天帝之女","长大形像天帝,常有黄云覆盖之",及尧帝"足履翼翼"的部分,不过崇增其神异而已。后来的汉代刘安《淮南子·修务训》和北宋王钦若、杨亿等编纂的《册府元龟》卷二《帝王部·诞圣》以及南宋罗泌《路史·陶唐氏》中所载的"尧母感龙孕而生尧"故事如出一辙,几近雷同。可见,"尧母感龙孕而生尧"的故事,在《竹书纪年》中已基本定型。

《国语·楚语》说:"及少皞之衰也,九黎乱德,民神杂糅,不可方物。夫人作享,家为巫史,无有要质。民匮于祀,而不知其福。烝享无度,民神同位。民渎齐盟,无有严威。神狎民则,不蠲其为。嘉生不降,无物以享。祸灾荐臻,莫尽其气。颛顼受之,乃命南正重司天以属神,命火正黎司地以属民,使复旧常,无相侵渎,是谓绝地天通。"这段话的言外之意是,那个时候各宗族信仰十分混乱,祭祀泛滥,人人都可以充当巫觋装神弄鬼去大肆敛财,代替天神发号施令。无人劳动,田地荒芜,畜牧萧条,祭品匮乏。于是颛顼便进行"绝地天通"的政治改革,使得与天神沟通成为少数人的专利。这种人,无疑是部落里地位比较高的,庆都就是其中之一。龙是华夏民族的象征,"尧母感龙孕而生尧"既加深了龙与中华民族的血肉联系,也说明了"龙的传人"早在尧时已成为共尊共传的精神史。

本文的撰写基本上是根据《竹书纪年》《春秋合诚图》等典籍而来,并对情节进行合理渲染、增删。其中,增加了放勋和哥哥挚相对比的情节,使得这则故事折射出家庭教育的重要性。尤其是母亲的教育,对于子女的成才有着至关重要的作用。第九段说到,"十多岁时,放勋就不仅成了烧陶小能手,还具有厚德载物、敬老尊贤的品性,以及乐善好施的情怀和兼济天下的抱负"。这是最后大家拥护他登上王位的"内因",而挚的不肖只是"外因"。正是儿时母亲庆都对他的谆谆教导和潜移默化的影响,让他最终成为儒家所讴歌的圣明之君。他与此后的舜,合称为"尧舜"。后世常用"舜日尧天""尧年舜日""尧风舜雨"等词语来形容天下太平、政治清明、安居乐业的祥和气氛。

尧帝寻神木

刘　勤　李进宁　撰
韩　玲　绘

【原典】

○（战国）尸佼《尸子·卷下》："尧立诽谤之木。"

○（汉）司马迁《史记·五帝本纪》："帝挚立，不善，崩，而弟放勋立，是为帝尧。"《索隐》："挚立九年，而唐侯德盛，因禅位焉。"

○（汉）司马迁《史记·孝文本纪》："古之治天下，朝有进善之旌、诽谤之木，所以通治道而来谏者。"

○（晋）皇甫谧《帝王世纪》："帝挚之母，于四人中，班最下。而挚于兄弟最长，得登帝位。封异母弟放勋为唐侯。挚在位九年，政微弱。而唐侯德盛，诸侯归之。"

○（晋）崔豹《古今注·问答释义》："程雅问曰：'尧设诽谤之木，何也？'答曰：'今华表木也，以横木交柱头，状若花也，形似桔槔，大路交衢悉施焉。或谓之表木，以表王者纳谏也，亦以表识衢路也。'"

○（清）马骕《绎史》卷八《高辛纪》引《通鉴纲目前编》："挚荒淫无度，诸侯废之，而推尊尧为天子。"马骕云："按，帝挚或崩，或禅，或废，诸说各不同也。"

【今绎】

一

帝喾去世后,帝挚①当政。
他脾气暴躁,刚愎自用,玩赏美人。
身边净围绕着一群奸佞小人,
真正有才能的大臣却被他冷落、流放。
后来正直的大臣们都起来拥护他的弟弟放勋,
并推举放勋为统领天下的头领,
这个放勋就是尧帝。

二

尧帝把都城建在土地肥美的平阳②。
他勤俭节约,身体力行,一心为民,

---

①帝挚:关于他到底因何而"失位",说法很多。据《通鉴纲目前编》《资治通鉴外纪》等书的记载,帝挚政庸、德薄、荒淫无度,以致被诸侯废掉。

②平阳:尧十五岁,改封于平阳(今山西临汾),号为陶唐氏。二十岁,尧代挚为天子,定都平阳。

通过努力,把天下治理得井井有条。

一天,尧帝沐浴在温暖的晨曦中,远处传来阵阵仙鹤的鸣叫,
他长吁了一口气:"这下,百姓们该都很幸福了吧!
我已经很久没有听见抱怨和罪行了啊!"
但是有位德高望重的大臣却说:
"我的尧帝啊,这反而正是最值得忧心的事情。
帝挚防民之口①,正义难伸,
现在人们缄其口,大概正是怕再受迫害,不能畅所欲言②
吧!"

三

"我刚听说去年发生过一件事——
有个小偷,偷了东西,
并把偷来的东西藏到了一个贫穷的孤寡老妇人家里,
结果,东西被翻出,老妇人被抓。

---

①防民之口:出自《国语·周语上》:"防民之口,甚于防川,川壅而溃,伤人必多,民亦如之。是故为川者,决之使导;为民者,宣之使言。"指阻止人民进行批评的危害,比堵塞河川引起的水患还要严重。指不让人民说话,必有大害。

②畅所欲言:出自清方苞的《游丰台记》:"少长不序,卧起坐立,惟所便人,畅所欲言,举酒相属,向夕犹不能归。"

一天,尧帝沐浴在温暖的晨曦中,远处传来阵阵仙鹤的鸣叫。

左邻右舍明明知道事有蹊跷①,却敢怒不敢言。

老妇人最后屈打成招②,有冤无处申,连眼睛都哭瞎了。

而那个小偷却逍遥法外。"

四

大臣继续说:"世界之大,类似的事情,天天都在发生。

后来,这个小偷又跑到巫医③家里偷东西被抓,才真相大白。

可惜老妇人的眼睛,再也不能看到美好的世界了!

他也是鬼迷心窍,竟然敢动巫医家的东西!"

尧痛心得捶胸顿足:"都怪我,都怪我啊!

有什么办法能让我及时知道百姓的疾苦呢?"

一夜之间,尧帝的头发全白了。

---

①蹊跷:奇怪、可疑。《朱子语类》卷二六:"仁者之过,只是理会事错了,无甚蹊跷。"《水浒传》第二十回:"宋江见了这个大汉走得蹊跷,慌忙起身,赶出茶房来,跟着那汉走。"

②屈打成招:严刑拷打,迫使无罪的人冤枉招认。元无名氏《争报恩》第三折:"如今把姐姐拖到官中,三推六问,屈打成招。"

③巫医:古代以祝祷为主或兼用一些药物来为人消灾治病的人。远古时期,巫医地位很高。《逸周书·大聚》:"乡立巫医,具百药以备疾灾。"

老妇人最后屈打成招,有冤无处申,连眼睛都哭瞎了。而那个小偷却逍遥法外。

五

在大臣们的建议下，
尧帝请来德高望重的四岳①，专门协调各部族大事，
又设立了大理官，专门负责人们之间的诉讼、纠纷，
还设立了观象台，专门负责观测天象……
可是，又过了很长一段时间，
还是很少有人前来提建议。
尧帝愁眉不展：
"看来，我还没有真正得到民心啊！"

六

当时民间流行着一个说法：
遥远的东方，有一种名为"诽谤木"的神木，

---

①四岳：相传为共工的后裔，因佐禹治水有功，赐姓姜，封于吕，并使为诸侯之长。《国语·周语下》："共之从孙四岳佐之。"韦昭注："言共工从孙为四岳之官，掌师诸侯，助禹治水也。"《史记·齐太公世家》："太公望吕尚者，东海上人。其先祖尝为四岳，佐禹平水土，甚有功。虞夏之际封于吕，或封于申，姓姜氏。"司马贞《索隐》引谯周曰："炎帝之裔，伯夷之后，掌四岳有功，封之于吕，子孙从其封姓，尚有后也。"一说四岳为尧臣羲、和四子，分掌四方之诸侯。《尚书·尧典》："帝曰：'咨，四岳。'"孔传："四岳，即上羲、和之四子，分掌四岳之诸侯，故称焉。"

遥远的东方,有一种名为"诽谤木"的神木,
谁得到它,谁就会成为明君贤王,
就能天下归心。

谁得到它，谁就会成为明君贤王，就能天下归心①。

七

尧帝带了几个随从，立刻出发了。

走了一个月，尧帝的鞋全破了，脚底起满了血泡，实在走不动了，停下来靠在树旁耷拉着眼睛休息。

这时，一个驼背乞丐拄着杖走过来向他讨东西吃。

乞丐满脸污秽，头发蓬乱，衣服几乎破成了筛子。全身散发着浓浓的臭味，大家不自觉地捂住鼻子。

尧帝的贴身护卫赶紧跳出来，把乞丐拉到一边说：

"嘘，小声些，别吵醒他——

真是不好意思，我们的干粮确实不多了……"

"行行好，行行好，我的肚子好饿好饿！"

尧帝醒了，看到了乞丐。

"王，您的干粮已经不多了！"

贴身侍卫几乎是祈求的口吻。

但是尧帝给了乞丐很多食物。

---

①天下归心：形容天下老百姓心悦诚服。《论语·尧曰》："兴灭国，继绝世，举逸民，天下之民归心焉。"曹操《短歌行》："周公吐哺，天下归心。"

走了一个月,尧帝的鞋全破了,脚底起满了血泡,实在走不动了,停下来靠在树旁眵拉着眼睛休息。这时,一个驼背乞丐拄着杖走过来向他讨东西吃。尧帝给了乞丐很多食物。

八

又走了两个月,他们已经疲惫不堪,
一条河横在了面前。
这时,远处悠悠摇来一只小船,
那船夫长着美髯须,戴着顶半旧的斗笠。
粗壮的手臂划着桨,嘴里哼着小曲:
"船儿小小,两头尖尖。 我来渡君,快快上船。"
可是,船太小,装不了这么多人。
尧帝命令护卫们上船,
自己却坚持徒步从水浅的地方过河。

九

尧帝的衣服全部湿透了,
接着又遇到七天连绵的阴雨,
所以病得很厉害。
可是他太想赶快找到"诽谤木",
所以不顾自己的身体,连夜赶路。
护卫们都感动得偷偷流眼泪。
有人知道他们是为了寻找"诽谤木"后,

纷纷加入他们的队伍。

这样，队伍越来越庞大。

十

冒雨又翻过一座大山后，

东方的路还是那么遥远。

第二天中午，天突然放晴了。

一条彩虹赫然挂在天上，驱走了连日的阴霾①。

这时，路上有个拄着拐杖的白胡子老人也要坚决加入进来。

大家都劝他：

"老人家，你看你路都走不稳了，怎么寻找'诽谤木'啊？"

尧帝也扶着他，关切地说：

"老人家，您年纪都这么大了，就不要跟着我们长途跋涉了！"

"咦，你不是那伛偻②的乞丐吗？"有人认了出来。

---

①阴霾：天气阴晦、昏暗。唐柳宗元《梦归赋》："白日逾其中出兮，阴霾披离以泮释。"元杨显之《酷寒亭》第四折："赤紧的云锁冰崖，风敛阴霾，雪洒尘埃。"也比喻人的心灵上的阴影和不快的气氛。清曹寅《中秋西堂待月寄怀子猷及诸同人》诗："浊世阴霾难久障，幻人梯栈强高攀。"

②伛偻：曲背。清纪昀《阅微草堂笔记·如是我闻四》："一妇人白发垂项，伛偻携杖。"

"咦,你不是那戴斗笠的船夫吗?"有人也惊呼。
老人捋着胡须,笑着说:
"我活过了八百春秋,今天终于等到了心地纯善的人啊!
我是乞丐,是船夫。 我还是风,是云,是那天边的彩虹呢……
可是我到底是谁,谁到底是我呢?"
说完,他就变成了一根青色的木头。

十一

大家先是一愣,接着欢呼雀跃起来。
"诽谤木——这就是诽谤木吧!"
尧帝把诽谤木立在城门外,
又在旁边摆了架大鼓。
并昭告天下的百姓,
凡是有冤屈、举报、举荐、建议、议论,
都可以到诽谤木前面去诉说,
并击鼓通报。
只要是一心赤诚①,说错也没有关系。

---

① 赤诚:指忠诚,极其真诚的心意。出自《北史·尔朱荣传》:"及知毅(奚毅)赤诚,乃召城阳王徽及杨侃、李彧,告以毅语。"

老人捋着胡须,笑着说:

"我活过了八百春秋,今天终于等到了心地纯善的人啊!

我是乞丐,是船夫。我还是风,是云,是那天边的彩虹呢……

可是我到底是谁,谁到底是我呢?"

说完,他就变成了一根青色的木头。

十二

大家都争前恐后①地到诽谤木前去诉说,
有才能的人也纷纷建言献策。
从早到晚,诽谤木被围得水泄不通。
为了方便老百姓提意见,
尧帝又命人在大道小巷竖立更多诽谤木。
他广纳谏言,博采众长②,终于天下归心。
后人为了铭记尧帝立"诽谤木"所开创的民主之风,
将"诽谤木"改称为"华表"③。
今日天安门的"华表",就来源自"诽谤木"。
这里的"诽谤",是"进谏"的意思。

---

①争前恐后:同"争先恐后"。意思是争着向前,唯恐落后。出自蔡东藩《南北史演义》第五十五回:"欢乃麾兵直进,大众争前恐后,一涌而上,无复行列。"

②博采众长:意思为广泛采纳众人的长处及各方面的优点,或从多方面吸取各家的长处。汉刘向《说苑·君道》:"凡处尊位者必以敬下,顺德规谏,必开不讳之门,撙节安静以借之,谏者勿振以威,毋格其言,博采其辞,乃择可观。"

③华表:相传尧时立木牌于交通要道,供人书写谏言,针砭时弊(见崔豹《古今注·问答释义》)。远古的华表皆为木制,东汉时期开始使用石柱作华表。随着时代的发展,华表原来的作用渐渐消失,后常竖立在宫殿、桥梁、陵墓等前作为装饰。北魏杨衒之《洛阳伽蓝记·龙华寺》"(洛水)南北两岸有华表,举高二十丈,华表上作凤凰,似欲冲天势。"周祖谟注:"华表,所以表识道路者也……古代建筑前路边每有石华表。"

大家都争前恐后地到诽谤木前去诉说,
有才能的人也纷纷建言献策。
从早到晚,诽谤木被围得水泄不通。

【衍说】

　　帝挚，为帝喾之子，继承部落联盟首领，可谓是开了"子继父位"之先河，为此后夏王朝的"家天下"创立了理论根据。

　　关于尧登帝位，有的说是帝挚禅让（如《史记·五帝本纪》索隐）；有的说是帝挚死后"兄终及弟"（《史记·五帝本纪》）；有的说他政庸、德薄、荒淫无度，以致被诸侯废掉（《通鉴纲目前编》《资治通鉴外纪》），诸家说法不同。也有人出来为帝挚打抱不平，如马骕《绎史》就说，荒淫之类污蔑，恐怕是部落内部争权夺利所造成的。历史是成功者的历史，越是古远，越是如此。尧帝终究成为人们心目中完美帝王的象征。所以《尚书·尧典》说："稽古帝尧……允恭克让，光被四表，格于上下。克明俊德，以亲九族。九族既睦，平章百姓。百姓昭明，协和万邦。"

　　此篇关于"诽谤木"的故事，是据其特性虚构出来的，是对尧帝首开民主之风的歌颂。在《尚书·尧典》中，也对尧的民主之风多有描述。他召开部落联盟会议，听取大家的意见。有一年，洪水泛滥，尧帝召集大家开会，征求意见。有人提议让鲧去，但尧帝觉得鲧不行，理由是鲧独断专行，听不进大家的意见。四岳仍然坚持让鲧试试，尧帝便尊重了他们的意见。原文如此记载："帝曰：'咨！四岳，汤汤洪水方割,荡荡怀山襄陵,浩浩滔天。下民其咨,有能俾乂?'佥曰:'於!鲧哉。'帝曰:'吁!咈哉,方命圮族。'岳曰:'异哉!试可乃已。'帝曰:'往,钦哉!'九载,绩用弗成。"鲧连续用九年时间治理洪水,最终失败。这结果不仅证明了尧帝判断的正确性,也是对鲧刚愎自用的鞭挞和对尧帝推行民主之风的歌颂。

尧帝禅让帝位,更体现了他的民主。尧帝年老,有人提出让他的儿子丹朱即位,尧帝没有同意。《庄子·逍遥游》记载"尧让天下于许由",但是许由拒绝了。后来他听取四岳的意见,选择了孝子舜,并把两个女儿嫁给了他。1993年出土的战国中期《郭店楚墓竹简》,对尧禅让于舜的原因有清楚的说明:"古者尧之与舜也,闻舜孝,知其能养天下之老也;闻舜弟,知其能事天下之长也;闻舜慈乎弟……为民主也。故其为瞽盲子也,甚孝;及其为尧臣也,甚忠;尧禅天下而授之,南面而王天下,而甚君。故尧之禅乎舜也,如此也。"这则材料说明,最迟在战国时期,便有尧帝禅让于舜的说法。

不过,对于尧舜禅让的说法,古往今来,非议颇多。比如,《孟子·万章》记载:"居尧之宫,逼尧之子,是篡也,非天与也。"《韩非子·说疑》说:"舜逼尧,禹逼舜。"《竹书纪年》所载诸古籍中有关尧、舜、禹之间残酷权力斗争的记载更是不胜枚举。诸如"昔尧德衰,为舜所囚","舜放尧于平阳,取之帝位"等等。不过,今之学者大多接受禅让的说法,并褪去了其神圣性。如钱穆在《国史大纲》中说:"大抵尧、舜、禹之禅让,只是古代一种君位推选制,经后人传述而理想化。"

尧帝寻神木

天降祥瑞

刘勤 李远莉 撰
韩玲 绘

【原典】

○(战国)《庄子·天道》:"昔者舜问于尧曰:'天王之用心何如?'尧曰:'吾不敖无告,不废穷民,苦死者,嘉孺子而哀妇人。此吾所以用心已。'"

○(战国)《韩非子·五蠹》:"尧之王天下也,茅茨不剪,采椽不斫,粝粢之食,藜藿之羹,冬日麑裘,夏日葛衣,虽监门之服养,不亏于此矣。"

○(汉)刘向《说苑·君道》:"尧存心于天下,加志于穷民,痛万姓之罹罪,忧众生之不遂也。有一民饥,则曰'此我饥之也';有一人寒,则曰'此我寒之也';一民有罪,则曰'此我陷之也'。仁昭而义立,德博而化广;故不赏而民劝,不罚而民治。先恕而后教,是尧道也。"

○(南朝梁)任昉《述异记》:"尧为仁君,一日十瑞。宫中刍化为禾,凤皇止于庭,神龙见于宫沼,历草生阶,宫禽五色,乌化白,神木生莲,萐莆生厨,景星耀于天,甘露降于地,是为十瑞。"

○(清)马骕《绎史》卷九引《田俅子》:"尧为天子,蓂荚生于庭,为帝成历。"

【今绎】

一

尧帝勤政爱民,节俭朴素。
为了不增加人民的负担,
他住的房屋是茅草盖的,没有经过修剪;
柱子和椽子都是外皮粗糙的栎木做的,根本没有刨过,
也没有涂上鲜艳的色彩。
屋前的台阶也是土块夯筑成的。
他喝的是野菜汤,吃的是糙米饭。
使用的陶器①都是自己亲手制作的,
从来不役使②别人。

---

①陶器:用黏土或陶土经捏制成形后烧制而成的器具。陶器历史悠久,在新石器时代就已初见简单粗糙的陶器。陶器的发明是人类最早利用化学变化改变天然性质的开端,是人类社会由旧石器时代发展到新石器时代的标志之一。

②役使:驱使、支配。《管子·轻重丁》:"故智者役使鬼神,而愚者信之。"《三国志·魏志·东夷传》:"二郡有军征赋调,供给役使,遇之如民。"

尧帝勤政爱民,节俭朴素。

二

尧帝夏天穿的衣服是用葛布①做的,
天冷了就披一件破旧的鹿皮挡风御寒。
他过着艰苦朴素的生活,
却丝毫不觉得自己辛苦。
人们心疼他,敬重他,不禁感叹:
"恐怕连守门的都比尧帝过得好吧!"

三

尧帝整颗心都系着天下百姓,他爱民如子。
如果有人犯罪,他就惭愧地责怪自己:
"是我没有治理好国家,才让他犯罪啊!"
如果有人没有饭吃,没有衣穿,尧帝也会难过地责怪自己:
"是我做得不好,才让百姓受冻挨饿啊!"

---

①葛布:用葛的纤维制成的布。俗称夏布。汉袁康《越绝书·外传记越地传》:"使越女织治葛布,献于吴王夫差。"清龚自珍《农宗》:"米斗直葛布匹,绢三之,木棉之布视绢,皆不得以澹泉货。"

于是,他来到田地里,
亲自下地耕种,和百姓们一起劳作。

四

到了收获的季节,大家都很期待。
可是,因为产量太低,根本不够填肚子。
尧帝非常自责、焦虑,整夜整夜地睡不着。
上天为他的一片赤诚所感动,
在他居住的地方降下了种种祥瑞①。

五

一天清晨,
他家后院突然发出耀眼的金光。

---

①祥瑞:吉利的征兆。古代祥瑞种类繁多,大体分为五种。古称"麟凤五灵,王者之嘉瑞也",是最高等级的瑞兆。其下分别为大瑞、上瑞、中瑞、下瑞。《新唐书·百官志》载礼部郎中、员外郎掌图书、祥瑞等,"凡景云、庆云为大瑞,其名物六十有四;白狼、赤兔为上瑞,其名物三十有八;苍乌、朱雁为中瑞,其名物三十有二;嘉禾、芝草、木连理为下瑞,其名物十四"。

亲自下地耕种,和百姓们一起劳作。

尧帝发现他用来喂养牲畜的草料变成了稻谷。
这稻谷每枝有七茎，
每根茎上又长着三十五穗。
穗长长的、沉甸甸的。
仔细一看，哇，颗颗谷粒饱满，谷籽硕大，
金黄色的稻谷在晨露中熠熠生辉。

六

尧帝惊呆了！
"天啊，我从来没见过这么丰硕的稻子！
要是所有的稻子都能结出这么多这么饱满的谷穗，
天下就不会再有人挨饿了！"
尧帝赶紧把这神奇的谷种分发给百姓，
督促他们细心耕种。

尧帝发现他用来喂养牲畜的草料变成了稻谷。

七

这天,尧帝屋前的土阶上长满了蓂荚①。
这种植物很神奇。
它从初一至十五,每日结一荚;
从十六至月终,每日落一荚,月月如此。
从荚数多少,人们就可以知道是哪一日。
这样,就可以更清晰地安排事情,
不至于糊里糊涂了。

八

尧帝又跑到厨房,看到到处都是萐莆②,
这萐莆草啊,叶子很宽大,
可以用来做扇子,

---

①蓂(míng)荚:一种草。即历草。亦称"历荚"。传说中的一种瑞草。南朝齐王融《三月三日曲水诗序》:"紫脱华,朱英秀。佞枝植,历草孳。"

②萐(shà)莆:瑞草名,或称树名。占象家谓王者有德,生活简朴有节则生。《说文》:"萐莆,瑞草也。"清段玉裁《说文解字注》引《白虎通》曰:"……阜出萐莆……孝道至则萐莆生庖厨。萐莆者,树名也。其叶大于门扇,不摇自扇,于饮食清凉,助供养也。"

尧帝屋前的土阶上长满了蓂荚。

不用手摇，就可以自动扇动出风；
还可以做斗笠和蓑衣。
尧帝高兴地把蓳莆草分发给大家。

九

不仅如此——
神龙①从天而降，来到他庭外的池子里居住；
凤凰②也双双飞到他的寒舍筑巢，交颈③而鸣。
夜晚，天空出现耀眼的大星，
和月亮一起，把黑夜照得像白昼一样。
尧帝庭院中的一棵枯树，

---

①神龙：相传龙变化莫测，故有此称。《韩诗外传》卷五："如神龙变化，斐斐文章，大哉，《关雎》之道也！"《文选·张衡〈西京赋〉》："若神龙之变化，章后皇之为贵。"薛综注："龙出则升天，潜则泥蟠，故云变化。"
②凤凰：古代传说中的百鸟之王。雄的叫凤，雌的叫凰。通称为凤或凤凰。羽毛五色，声如箫乐。常用来象征瑞应。《诗·大雅·卷阿》："凤皇鸣矣，于彼高冈。"唐韩愈《与崔群书》："凤皇、芝草，贤愚皆以为美瑞；青天、白日，奴隶亦知其清明。"
③交颈：颈与颈相互依摩。多为雌雄动物之间的一种亲昵表示。《庄子·马蹄》："夫马陆居则食草饮水，喜则交颈相靡，怒则分背相踶。"三国魏曹植《种葛篇》诗："下有交颈兽，仰见双栖禽。"后常用以比喻夫妻恩爱、男女亲昵。唐王氏妇《与李章武赠答诗》："鸳鸯绮，知结几千丝。别后寻交颈，应伤别未时。"

凤凰也双双飞到他的寒舍筑巢,交颈而鸣。

突然长出了新芽,开出了白色的莲花,
芳香四溢,沁人心脾。

十

尧帝以仁义①治国,用道德感化②人民,
天下的百姓不用奖励就会主动遵守规则,
不用惩罚也不会有人犯罪。
百姓们打心眼里拥戴他,感激他。
人们用尧帝分发的谷种播种,
第二年秋天,田野里果然长出了丰硕饱满的谷穗,
粮食的产量比之前多了好几倍。
丰收之后,人们载歌载舞,
编着歌颂扬尧帝的圣德和上天的仁慈。
因为这种稻谷给大家带来了美好的生活,

---

①仁义:亦作"仁谊",仁爱和正义、宽惠、正直。《礼记·曲礼上》:"道德仁义,非礼不成。"孔颖达疏:"仁是施恩及物,义是裁断合宜。"《礼记·丧服四制》:"恩者仁也,理者义也,节者礼也,权者知也,仁义礼知,人道具矣。"《吕氏春秋·适威》:"古之君民者,仁义以治之,爱利以安之,忠信以导之,务除其灾,思致其福。"

②感化:用言行感动人,使之转变。《后汉书·陈禅传》:"禅于学行礼,为说道义以感化之。单于怀服,遗以胡中珍货而去。"

所以人们把它称为嘉禾①。

在农闲时节,他们还用多余的粮食酿成美酒,彻夜庆祝,衷心地赞叹:"我们的尧帝真是伟大啊!"

---

①嘉禾:生长奇异的禾,古人以之为吉祥的征兆。亦泛指生长苗壮的禾稻。《尚书·微子之命》:"唐叔得禾,异亩同颖,献诸天子。王命唐叔,归周公于东,作《归禾》。周公既得命禾,旅天子之命,作《嘉禾》。"

【衍说】

尧帝,是中国古代传说中的民族首领。相传为黄帝的第五世孙,姓伊祁,名放勋(《尚书》《史记》),因封于唐,故又被称为唐尧。

今天我们所知的尧帝,显然是一位集历史、文学、神话三种形象于一体的综合形象。虽然有人根据《竹书纪年》和山西襄汾的陶寺文化遗址来质疑尧帝及其圣德的历史真实性,但在文学典籍以及民间传说中,从来不曾有此怀疑。

值得注意的是,与尧帝相关的神话传说故事,无一例外都带有相当浓厚的道德色彩。这恐怕与尧帝被儒家"圣化"改造有直接关系。经此改造后的尧帝神话传说故事,主要围绕的即是其仁德治世和禅让思想。

《论语·泰伯》说:"子曰:大哉!尧之为君也。巍巍乎!唯天为大,唯尧则之。荡荡乎!民无能名焉。巍巍乎!其有成功也。焕乎!其有文章。"

孔子认为,一个伟大的君主,至少应具有如下素质:一、拥有足以引导社会走向幸福的智慧头脑——尧即具有"则天"之智;二、应有宽广的胸怀,爱民如子——正因如此,尧才会得到全民爱戴;三、要为全社会而努力创业建功——尧即因此获得"成功";四、要建立起美好的社会制度——即此处尧之"文章"。孔子对往古君王尧帝的缅怀和赞叹，实际上是希望能出现像尧帝一样的君王把社会引向美好，同时也希望当时的统治者能以尧帝为榜样，从各方面进行社会改良。

以司马迁为代表的史学家也将尧帝奉为圣君。《史记·五帝本纪》记载："其人如天，其知如神，就之如日，望之如云。"古往今来，不少文人墨客也留下了赞美尧帝的诗篇，如先秦庄子在《庄子·天运》中说："尧之治天下，使民心亲。"魏晋傅玄在《晋鼓吹曲二十二首》其十九《唐尧》中说："唐尧咨务成，谦谦德所兴。积渐终光大，履霜致坚冰。神明道自然，河海犹可凝。"杜甫在《奉赠韦左丞丈二十二韵》中也赞叹道："致君尧舜上，再使风俗淳。"渐渐地，"尧年舜日"便用于称颂统治者政治清明了。

本故事主要依据《韩非子·五蠹》《说苑·君道》《述异记》等典籍的记载进行改编。中心主题仍然是围绕尧帝的"德"而展开的。尧帝之所以能引来"一日十瑞"，是因为他一心为民，从不为己，时时处处为百姓着想，从而获得了百姓的拥戴和上天的眷顾。

禅让之始——尧帝神话

偓佺献松子

刘勤 高蓉 撰
刘秋虹 绘

【原典】

○(汉)司马迁《史记·五帝本纪》:"尧立七十年得舜,二十年而老,令舜摄行天子之政,荐之于天。尧辟位凡二十八年而崩。百姓悲哀,如丧父母。三年,四方莫举乐,以思尧。"

○(汉)刘向《列仙传·偓佺》:"偓佺者,槐山采药父也,好食松实,形体生毛,长数寸,两目更方,能飞行逐走马。"

○(晋)干宝《搜神记》卷一:"偓佺者,槐山采药父也。好食松实。形体生毛,长七寸。两目更方。能飞行逐走马。以松子遗尧,尧不暇服。松者,简松也。时受服者,皆三百岁。"

○(唐)陈子昂《感遇》三十八首之十九:"圣人不利己,忧济在元元。黄屋非尧意,瑶台安可论。"

○(宋)张君房《云笈七签》:"偓佺者,槐山采药父也。好食松实,形体生毛,长数寸,两目更方,能行逐走马。以松子遗尧,尧不暇服也。松者,简松也。时人受服者,皆至二三百岁焉。"

【今绎】

一

槐山①上住着一个怪老头叫偓佺②。
他全身覆盖的白毛，有七寸长，
看起来好像穿了一件白色的毛大衣；
长长的白发，好像是倾泻而下的银河③；
两缕垂下来的白眉毛，像两根刀削面；
一把白胡子，仿佛是挂在嘴上的瀑布。
连睫毛都是白色的……
总之，他全身都是白色的！

---

①槐山：古山名。《山海经·中山经》："又东五百里曰槐山，谷多金、锡。"

②偓佺（wò quán）：古代传说中的仙人名。宋苏轼《山坡陀行》："仙人偓佺自言其居瑶之圃，一日一夜飞相往来不可数。"

③银河：晴天夜晚，天空呈现的银白色光带。古亦称云汉，又名天河、天汉、星河、银汉。隋江总《内殿赋新诗》："织女今夕渡银河，当见新秋停玉梭。"

  倮佺全身覆盖的白毛，有七寸长，
看起来好像穿了一件白色的毛大衣；
长长的白发，好像是倾泻而下的银河；
两缕垂下来的白眉毛，像两根刀削面；
一把白胡子，仿佛是挂在嘴上的瀑布。

二

他的两只眼睛是方形的,
眼珠子可以骨碌碌同时朝左右两边看呢!
他年纪虽老,身体却很轻健。
善于奔跑的良马追不上他,
高飞的鸟儿也赶不上他。
他只需要吃一颗松子①,
便可一个月不进食。

三

有一天,下山的偓佺遇到了尧帝。
因为忧心国事,尧帝的两条眉毛皱成了一个"八"字。
他身材瘦削,一阵风吹来便摇摇晃晃。

---

①松子:松树的种实,常为仙人所食。南朝梁元帝《与刘智藏书》:"松子为餐,蒲根是服。"明李时珍《本草纲目》:"松子多海东来,今关右亦有,但细小味薄也。"

他年纪轻轻,脸上就布满了皱纹,头上生出许多白发。

偓佺感到奇怪,爱怜地问尧帝:

"尧帝啊,您为何总是愁眉不展①呢?"

四

尧帝叹息道:"我的生命只有短短几十年,

许多理想和抱负都来不及实现。

老人家,听说您活了几百年,是真的吗?"

偓佺捋了捋白胡子,自豪地说:

"我也不知道自己究竟活了多少岁!

只记得,槐山上的花开了又谢,谢了又开;

与我相伴的飞禽走兽②死了又生,生了又死。"

尧帝又问:"那您是如何做到的呢?"

---

①愁眉不展:心里忧愁,双眉紧锁,不得舒展。形容心事重重的样子。也作"愁眉紧锁"。唐姚鹄《随州献李侍御》诗:"旧隐每怀空竟夕,愁眉不展几经春。"

②飞禽走兽:禽,鸟;兽,野兽。飞翔的禽鸟、奔跑的野兽,泛指鸟类和兽类。汉王延寿《鲁灵光殿赋》:"飞禽走兽,因木生姿。"

五

偓佺说:"我所居住的槐山之上,
有一种松子,吃了可以延年益寿①。"
尧帝兴奋地说:"太好了!
要是我也能像您一样活几百年,
就可以为百姓做更多的事情了。"
于是偓佺采了许多松子准备献给尧帝。

六

他几次来到尧帝的住处,发现尧帝根本不在里面。
偓佺找到尧帝的儿子丹朱,问:"尧帝去哪里了呢?"
丹朱摆弄着棋局,头也不抬地说:
"南方发生了洪灾,我父亲去南方治理洪水了。"
偓佺飞奔到了南方,在人群中搜寻不到尧帝的影子,

---

① 延年益寿:增加岁数,延长寿命。战国楚宋玉《高唐赋》:"九窍通郁,精神察滞,延年益寿千万岁。"

偓佺居住的槐山之上,

有一种松子,吃了可以延年益寿。

于是偓佺采了许多松子准备献给尧帝。

于是拉着一个年轻人问:"你知道尧帝在哪里吗?"
"北方发生了旱灾,尧帝去了北方。"

七

偓佺又赶到北方,还是没有找到尧帝。
偓佺四处追寻尧帝的脚步。
可是每一次,都与他擦肩而过。
尧帝总是奔赴在为民操劳的路上。
偓佺找不到尧帝,
只得把松子放在尧帝卧室里的案几上,
并嘱咐侍卫提醒尧帝及时服用。

八

尧帝终于回来了,
侍卫把偓佺的话转达给了尧帝。
可是,尧帝刚准备服食松子,

握佺四处追寻尧帝的脚步。

可是每一次,都与他擦肩而过。

外面的谏鼓①又响了。

尧帝不得不放下松子,匆匆离去。

因为太忙,直到死去的那一天,

尧帝也没来得及吃下那些松子。

九

尧帝死后,举国上下都悲恸②地哭泣,

好像自己死了父母一般伤心。

为了哀悼尧帝,三年之内,国内都听不到乐声。

在痛哭的人群中,一个白发老人却哈哈大笑。

大家奇怪极了,问:

"我们最伟大的尧帝去世了,你为什么还在笑?"

---

①谏鼓:设于朝廷供进谏者敲击以闻的鼓。相传尧曾在庭中设鼓,让百姓击鼓进谏。宋范仲淹《帝王好尚论》:"尧设敢谏鼓,建进善旌。"

②悲恸:指非常悲哀或悲伤痛哭。语出晋陈寿《三国志·吴书·诸葛恪传》:"至吾父子兄弟,并受殊恩,非徒凡庸之隶,是以悲恸,肝心圮裂。"

十

这个老人笑着说：

"尧帝有延寿的松子不吃，所以才会这么短命。

而我吃了偓佺给我的松子，已经活了三百岁了。

你们说，尧帝是不是太傻、太可笑了？"

这时，有个智者不客气地说：

"尧帝虽然只活了九十八岁，但他会千古流芳。

你虽然活了三百岁，可对社会却没什么贡献。

你偷了那么多年的生命，却白白浪费，才是最可笑的人！"

尧帝虽然只活了九十八岁，
但他会千古流芳。

【衍说】

生命的价值到底在哪里？这是我们每个人所追寻的问题。

上天有好生之德，人有恻隐之心。正如《尚书·大禹谟》所说："好生之德，洽于民心，兹用不犯于有司。"重生、好生、长生，是每个民族、每一个体的不可或缺的使命。远古神话中，这类主题比比皆是。因此，卡西尔在《人论》中说："在某种意义上，整个神话可以被解释为就是对死亡现象的坚定而顽强的否定。"

正因如此，被称为"神话之渊府""古之巫书"的《山海经》中，才屡屡出现各种长生不死的事物。《海内西经》记载："开明北有视肉、珠树……不死树。"《海内北经》亦记载："有文马，缟身朱鬣，目若黄金，名曰吉量，乘之寿千岁。"

晋王嘉《拾遗记·少昊》记载："穷桑者，西海之滨，有孤桑之树，直上千寻，叶红椹紫，万岁一实，食之后天而老。"吃了桑葚可以比天还长寿。古巴比伦史诗《吉尔伽美什》讲述了英雄吉尔伽美什，历经艰险，经先祖乌特纳庇什指点，在海底捞取到不死仙草，蛇偷吃此草后，获得永生的故事。这一故事到了希伯来神话中，则以"生命树"形式再现。故有《圣经》说上帝在伊甸园东安设机关，防止人类偷吃生命树果实。

可见，服食植物果实而长生不老，中外神话概莫能外。这个故事中偓佺的松子，正是这类可以帮人类达至永生的"圣果"。

在神话中，诸多花草树木、鸟兽虫鱼、神泉圣水都能让人长生不老。这一"重生"精神，在中国道家思想中得到了全面而极致的发挥。《抱朴子内篇·勤求》说："天地之大德曰生。生，好物者也。是以道家之所至秘而重者，莫过乎长生之方也。"可以说，所有道家、道教典籍都是以此为指归的。

当然，人生的价值不止于长生，甚至可以说，相对于精神的不朽，肉体的长生就显得黯然失色了。这正是本故事要告诉我们的道理。所以，司马迁在《报任安书》中说："人固有一死，或重于泰山，或轻于鸿毛……"《老子河上公章句》说："人所以生者，以有精神。"

后羿射骄阳

刘勤 严焱 撰
王舒啸 绘

【原典】

○(战国)屈原《楚辞·天问》:"羿焉彃日,乌焉解羽?"

○(战国)《山海经·大荒南经》:"东南海之外,甘水之间,有羲和之国。有女子名曰羲和,方浴日于甘渊。羲和者,帝俊之妻,生十日。"

○(战国)《山海经·海内经》:"帝俊赐羿彤弓素矰,以扶下国,羿是始去恤下地之百艰。"

○(汉)刘安《淮南子·本经训》:"逮至尧之时,十日并出,焦禾稼,杀草木,而民无所食。"

○(汉)王逸《楚辞章句》卷三《天问》注文:"尧时十日并出,草木焦枯,尧命羿仰射十日,中其九日,日中九乌皆死,堕其羽翼,故留其一日也。"

○(唐)成玄英《庄子·秋水》疏引《山海经》(今本无):"羿射九日,落为沃焦。"

○(唐)张守节《史记·夏本纪》正义引《帝王纪》:"帝羿有穷氏,未闻其先何姓,帝喾以上,世掌射正。至喾,赐以彤弓素矢,封之于鉏,为帝司射,历虞夏。羿学射于吉甫,其臂长,故以善射闻。"

○(宋)《锦绣万花谷·前集》卷一引《山海经》:"尧时十日并出,尧使羿射九日,落沃焦。"

○(清)吴任臣《山海经广注》辑《山海经佚文》:"沃焦在碧海之东,有石阔四万里,居百川之下,故又名尾闾。"

后羿射骄阳

【今绎】

一

有一天，十只金乌①突发奇想，同时从扶桑树②上溜了出去。
他们先是跑去偷吃了地日草③，接着尽情追逐嬉闹：
打滚儿、捉迷藏、荡秋千、赛跑、投壶④……
"终于无拘无束啦！ 真好玩儿！"金乌们不亦乐乎。
"轰！"树林里很快燃起了熊熊烈火，
焦炭、灰烬以迅雷之势，碾压掉所有葱绿。
"呲！ 呲！ 呲！"江河迅速蒸发，白烟直冒，
河床很快裸露出来，变成赤红的焦土。

---

①金乌：传说太阳中有三足乌，因用作太阳的代称。
②扶桑树：神话中的树名。《山海经·海外东经》："汤谷上有扶桑，十日所浴，在黑齿北。"
③地日草：古代传说中食之使人不老的草。明杨慎《艺林伐山》卷三："南荒有地日草，日中三足乌欲下食此草，羲和驭之，以手掩乌目。"
④投壶：古代宴会时的一种娱乐活动。宾主依次把筹投入壶中，以投中多少决定胜负，负者须饮酒。壶，古代的一种容器。

那些本来在水里快乐游走的龟鼋鱼龙①们,
甚至还没搞清楚是怎么回事,就被晒死了。
在外劳作而来不及逃回家的人们,
眨眼之间,就被活活烤成肉干!

二

人们哭着跪倒在地,
有的怀里还抱着刚刚咽气的孩子。
尧帝请来四岳②,召集族人们商量对策。
有人建议祭祀上帝,
于是众人纷纷匍匐着向上苍祈福,
献上了族群里仅剩的猪牛羊,无济于事。
又有人提议遥请女丑③,
女丑驾着吐水龙鱼④巡天一周,还是徒劳。

---

①龟鼋(yuán)鱼龙:鼋,大鳖。鱼龙,鱼和龙。龟鼋鱼龙,这里泛指所有的水族。
②四岳:相传为唐尧臣羲、和四子。分管四方的诸侯,所以叫四岳。
③女丑:亦作"女仉"。女巫名或神名。
④龙鱼:即龙鲤。一说指鲵鱼、人鱼。《山海经·海外西经》:"龙鱼陵居在其北,状如狸。一曰鰕。"郭璞注:"或曰:龙鱼似狸,一角。"

后羿射骄阳

在外劳作而来不及逃回家的人们，眨眼之间，就被活活烤成肉干！

尧帝焦头烂额,想要把自己献祭。

"您不能去! 让我试试吧!"后羿①挺身而出。

三

"后羿? 他能行吗?"有人窃窃私语。

"他可是帝喾②时代就闻名遐迩的神箭手啊!"

"他的彤弓银箭,那可是神器啊!"大家议论纷纷,好像抓住了救命稻草一般,眼中闪过一丝光亮。

"别异想天开了! 金乌可是天帝的儿子,他能有什么办法?"

"也是,后羿会帮助人类而与天帝为敌吗?"

一席话,让刚才的喧腾又陷入沉默。

"后羿……"尧帝想,"恐怕也就只有他了!"

他不禁想到后羿一箭成名的情景……

---

①后羿:神人。又称大羿、司羿,五帝时期人物,帝尧的射师,嫦娥的丈夫。有"后羿射日"的典故。历史上的"后羿"指夏朝有穷国君主。

②帝喾:传说中古代部族首领。号高辛氏,有四妻四子:姜嫄生弃(即后稷),是周族的祖先;简狄生契,是商族的祖先;庆都生帝尧;常仪生帝挚。

后羿射骄阳

"他可是帝喾时代就闻名遐迩的神箭手啊!"

"他的彤弓银箭,那可是神器啊!"

大家议论纷纷。

四

那时尧还小,
父亲帝喾通过比赛选贤任能。
后羿凭借一箭三雕取得第一。
"自古英雄出少年! 真是天赐我神箭手啊!"
帝喾拜后羿为射师,并赠送他彤弓银箭:
"此弓名为'摘星弓',弓满箭飞九重天;
此箭乃为'穿云箭',不惧水火鬼神仙!"
后羿拜谢,双手接过弓和箭,举过头顶:
"天赋我后羿双眼不畏强光,傲视万里;
地赐我后羿臂长力大,惩奸除恶!"
"后羿后羿! 后羿后羿!"喝彩声震耳欲聋。

五

"后羿,您做何打算?"尧帝回过神来,沉默半晌,问道。
"我先晓之以理,争取劝回太阳神鸟!"
后羿面如朝阳,目光坚毅。
"他们可是天帝爱子,是高高在上的天神啊!"
尧帝叹了口气。

"天神也得讲理,天神更应顾惜百姓!"后羿有些愤然。

"如果劝不回去,您打算怎么办?"尧帝面色凝重。

后羿不说话,默默抚摸着随身佩戴的彤弓银箭。

六

后羿站在高高的祭台上,

恭敬地对天空施礼,大声说道:

"十日并出,生灵涂炭①。

后羿恳请诸位太阳神怜悯天下苍生,速回扶桑②汤谷③。"

---

①生灵涂炭:形容人民处于极端困苦的境地。出自《尚书·仲虺之诰》:"有夏昏德,民坠涂炭。"

②扶桑:神话中神树之名。《山海经·海外东经》:"汤谷上有扶桑,十日所浴,在黑齿北。"郭璞注:"扶桑,木也。"《海内十洲记》:"地多林木,叶皆如桑。又有椹树,长者数千丈,大二千余围。树两两同根偶生,更相依倚,是以名为扶桑仙人也。"《太平御览》卷九五五引旧题晋郭璞《玄中记》:"天下之高者,扶桑无枝木焉,上至天,盘蜒而下屈,通三泉。"

③汤谷:即旸谷,异名甚多。古代传说中的日出之处、浴日之处。《楚辞·天问》:"出自汤谷,次于蒙汜,自明及晦,所行几里?"王逸注:"言日出东方汤谷之中,暮入西极蒙水之涯也。"《后汉书·张衡传》:"朝吾行于汤谷兮,从伯禹于稽山。"李贤注:"汤谷,日所出也。"《山海经·大荒南经》中有羲和浴日的神话,其云:"东南海之外,甘水之间,有羲和之国。有女子名曰羲和,方浴日于甘渊。"《淮南子·天文训》也说:"日出于旸谷,浴于咸池。"又,《山海经·海外东经》云:"汤谷上有扶桑,十日所浴,在黑齿北。"据此可知扶桑树在汤谷旁。

太阳神鸟们充耳不闻。

后羿跪拜在地,声如洪钟:

"上天有好生之德,蝼蚁尚且贪生,

诸位天神又怎能这样随意掠夺生命,而不思悔改呢?"

太阳神鸟们仍然当作没听见。

后羿站起来,指着太阳怒骂道:

"我后羿敬你们为太阳神,为母神羲和①娘娘所生,

看来也尽是些没有教养的纨绔子弟!"

七

"哟! 瞧他那眼睛瞪得比牛眼还大!"

"哟! 还把羲和妈妈拿出来吓唬人!"

太阳神鸟们见后羿被气得怒目圆睁,

反而乐得哈哈大笑,前俯后仰。

后羿怒发冲冠,搭弓上箭,对准太阳,

---

①羲和:上古神话传说中太阳的母亲。《山海经·大荒南经》:"东南海之外,甘水之间,有羲和之国。有女子名曰羲和,方浴日于甘渊,羲和者,帝俊之妻,生十日。"

后羿站起来,指着太阳怒骂。

再次吼道:"神箭手后羿拜请诸神速回扶桑!"
太阳神鸟们被逗乐了,嗤之以鼻:
"就他那破弓烂箭,吓唬谁呢——"
话音未落,一支银箭扑面而来。

八

"这么快!"太阳神鸟们心中一惊。
"哎哟——"老大躲闪不及,被穿云箭射中了左翅。
"这家伙还真敢射啊!"神鸟们恼羞成怒,暴跳如雷,
"兄弟们,晒死他! 晒死他! 对准他,一起来!"
太阳神鸟们飞到后羿头顶上空,将他团团围住,
万道金光一起聚焦后羿射过来,
他脚下的祭祀台瞬间化作滚烫的熔岩。

九

后羿被灼浪冲得腾空而起,
他感觉身体一阵难以忍受的刺痛,
又像被吸干了精血一般干瘪无力。

后羿射骄阳

"这家伙还真敢射啊!"神鸟们恼羞成怒,暴跳如雷。

"我要死了吗?"后羿抬起头,
透过滚滚灼浪,他看见太阳神鸟们满脸狰狞。
后羿拼尽全力拿出肜弓,却再也没有拔箭的力气。
他闭上双眼,凝神屏气,心中默念:
"神箭出鞘,神箭出鞘,神箭出鞘!"
噌! 一支穿云箭从箭筒里飞出,自动搭在弓上。

十

与此同时,一股寒意扑面而来,驱散了炎热,
后羿顿觉精神为之一振!
他稳稳站住,搭弓上箭,一步一个准。
熊熊烈火像猛兽般扑将过来,想要将他吞噬;
层层灼浪像魔鬼般唱着哀歌,企图将他掩埋。
后羿重整雄风,势如破竹,从火海中杀将出来!
"他的箭好厉害!"
"救命啊!"
前一刻还嚣张跋扈的太阳神鸟们,
此刻一个个吓得面如土色,东躲西藏。
被射中的,纷纷从空中坠落而下,
哀鸣声声,黑色纤羽漫天飞舞,丝丝飘散。

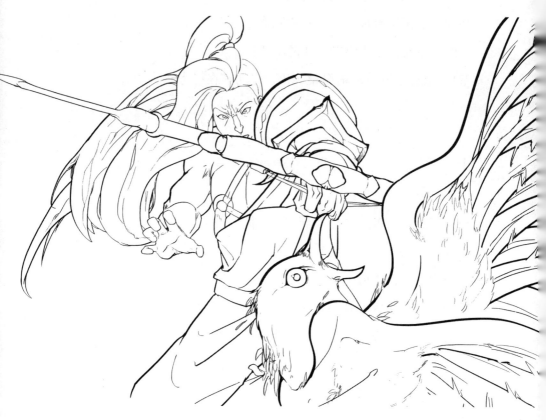

被射中的,纷纷从空中坠落而下,
哀鸣声声,黑色纤羽漫天飞舞,丝丝飘散。

十一

现在只剩下最后一只太阳神鸟了,
他吓得魂飞魄散,四下逃窜。
"哪里逃?"后羿乘胜追击。
"住手,神箭手后羿,请快住手!"
羲和驾着日车①赶来,将最后一只太阳神鸟护在身后,
"人间需要太阳,您就放过他吧!"
后羿收起弓箭,给羲和女神鞠了一躬:
"得罪了,羲和娘娘! 那请让他好好履行职责。"
"我再也不敢胡来了!"太阳神鸟惊魂未定,浑身直哆嗦。
从此,天上只有一个太阳,人间又恢复了平静。
尧帝带领老百姓欢迎胜利归来的英雄,
而后羿的伟大功绩,也为后世广为传唱。

---

①日车:太阳。太阳每天运行不息,故以"日车"喻之。这里指神话中羲和所乘的六龙驾的车。

后羿射骄阳

【衍说】

后羿射日的故事在中国家喻户晓,见载于史籍也很早。古本《山海经·海内经》中记载:"帝俊赐羿彤弓素矰,以扶下国,羿是始去恤下地之百艰。"唐代成玄英《庄子·秋水》疏引《山海经》说:"羿射九日,落为沃焦。"屈原在《楚辞·天问》中也说:"羿焉彃日？乌焉解羽？"这些文献都提到后羿射日,但具体情况没有交代。直到《淮南子·本经训》,才对射日原因和十日并出的惨相有所叙述:"尧之时,十日并出,焦禾稼,杀草木,而民无所食。"并引发各种凶禽猛兽为害人间。

本故事《后羿射骄阳》结合《山海经》《楚辞》《史记》《淮南子》等典籍,在尊重故事原典的基础上又有合理发挥。比如,渲染了十日并出的各种惨状、十日的骄横跋扈,增设了尧帝的牺牲精神、后羿的复杂心理和面临的重重困难等,成功地刻画了后羿的英雄形象。

关于"后羿"的身份、形象,学术界有很多讨论,也存在很多争议。

《左传·襄公四年》记载:"（后羿）不修民事,而淫于原兽。"《孟子·离娄下》记载:"逢蒙学射于羿,尽羿之道,思天下惟羿为愈己,于是杀羿。"又《楚辞·天问》记载:"帝降夷羿,革孽夏民,胡射夫河伯而妻彼雒嫔？冯珧利决,封豨是射,何献蒸肉之膏而后帝不若? 浞娶纯狐,眩妻爱谋,何羿之射革而交吞揆之?"此外,《史记·夏本纪》正义引《帝王纪》还说:"帝羿有穷氏,未闻其先何姓,帝喾以上,世掌射正。至喾,赐以彤弓素矢,封之于鉏,为帝司射,历虞夏。羿学射于吉甫,其臂长,故以善射闻。"

这些记载,其实早已将神话中的"后羿"和东夷有穷国国君"后羿"混为一谈了。有穷国国君"后羿"仍以善射闻名。史载他以武力推翻夏帝太康,大权在握后,骄奢淫逸,重用奸佞寒浞,最后终被寒浞暗算而丧家亡国。逢蒙即寒浞,纯狐即嫦娥。

此外,学者还提出一种新观点,今录于此,以备一说。此说认为,"羿"指的是一群人,而不是某一个特定的人或神。"羿"的本义是有羽的箭(无羽的箭则称为"箭""笴"),又指射师。周清泉认为,后羿射日是古人"亲子鉴定"的宗教仪式。原始人认为,死不是自然的死,生也不是自然的生。怀孕是某个祖先的灵魂投胎于妇人体内。又因"非我族类,其心必异",所以为了判断孩子究竟是否是本族祖先的古灵转世,须得在新生儿出生三天后"桑弧蓬矢""以为子鹄"。桑弧,即以桑树枝为弓;蓬矢,即以蓬草(蒿草)为箭;子鹄,即十日、十天干,也就是写在十天干上面的祖宗名字。射中了子鹄,就是"我族类";没有射中,就是"非我族类",要么遗弃,要么杀死。

后羿射骄阳

后羿杀怪兽

刘 勤 撰
李进宁
王舒啸 绘

【原典】

○(战国)《山海经·海内经》:"帝俊赐羿彤弓素矰(zēng),以扶下国,羿是始去恤下地之百艰。"

○(战国)《山海经·海内西经》:"海内昆仑之虚,在西北,帝之下都。……非夷羿莫能上冈之岩。"

○(战国)《山海经·海外南经》:"羿与凿齿战于寿华之野。羿射杀之,在昆仑虚东。羿持弓矢,凿齿持盾,一曰戈。"

○(战国)《山海经·北山经》:"又北二百里,曰少咸之山,无草木,多青碧。有兽焉,其状如牛,而赤身、人面、马足,名曰窫窳(yà yǔ),其音如婴儿,是食人。"

○(战国)《山海经·大荒南经》:"有人曰凿齿,羿杀之。"

○(汉)刘安《淮南子·本经训》:"逮至尧之时,十日并出,焦禾稼,杀草木,而民无所食。猰貐、凿齿、九婴、大风、封豨、修蛇,皆为民害。尧乃使羿诛凿齿于畴华之野,杀九婴于凶水之上,缴大风于青丘之泽,上射十日而下杀猰貐,断修蛇于洞庭,禽封豨于桑林。万民皆喜,置尧以为天子。于是天下广狭、险易、远近始有道里。"

【今绎】

一

后羿①射下九个太阳之后,人间恢复了宁静。
然而好景不长,许多恶禽猛兽再次出现。
山谷里、密林中、河水边、原野上、村庄里,
到处都留下了它们的恶行。
人们围剿它们,挖陷阱诱捕它们,
各种办法都用尽了,均以失败告终。
男女老少伤的伤、死的死,好不凄凉。
后羿看到凄惨的人们,非常悲痛。
尽管他的神力已耗去大半,身体又极度虚弱疲惫,

---

①后羿:一说是天神后羿。古代神话又说尧时十日并出,植物枯死,封豨长蛇为害,羿射去九日,射杀封豕长蛇,民赖以安。参见《淮南子·本经训》《淮南子·览冥训》等文献。一说是有穷国君,上古夷族的首领,善射。相传夏太康沉湎于游乐,羿推翻其统治,自立为君,号有穷氏。不久因喜狩猎,不理民事,为其臣寒浞(zhuó)所杀。参见《尚书·五子之歌》《左传·襄公四年》《楚辞·离骚》《史记·吴世家》等文献。

他刚刚射下九个太阳,神力耗去了大半,身体极度疲惫,却依然决定亲自出马。

却依然决定亲自去为民除害。

二

后羿先来到畴华之野①。
原本生机盎然的原野上，连一只兔子都看不到。
只有支离破碎的尸体和空中弥漫的浓浓腐败气。
那肯定是猛兽凿齿②造成的惨象！
凿齿是只人身象首的怪物，
牙齿有两米长，像个凿子一样，
这就是他的杀人武器！
后羿爬上一座小山丘四处张望，
发现凿齿藏在一片茂密的草丛中。
后羿飞奔到凿齿面前，厉声道：
"凿齿，只要你答应从此不再为祸人间，我便饶了你！"
凿齿的性格倔强蛮悍，听了后羿的话，狂笑着说：

---

①畴华之野：神话地名。
②凿齿：古代传说中的野人。《山海经·海外南经》："羿与凿齿战于寿华之野。羿射杀之，在昆仑虚东。羿持弓矢，凿齿持盾。"郭璞注："凿齿亦人也，齿如凿，长五六尺，因以名云。"一说谓兽名。《淮南子·本经训》："尧乃使羿诛凿齿于畴华之野。"高诱注："凿齿，兽名，齿长三尺，其状如凿。"

"哈哈哈！ 后羿，你还有力气吗？"

"那你试试看！"后羿毫不惧怕。

三

后羿拉开彤弓①，瞄准凿齿的眼睛，一箭射了过去。

凿齿纵身一跃，轻松躲开了神箭。

彤弓银箭是天帝赐给他的神物，

要是以前，后羿肯定箭无虚发，

可如今他两条手臂累得快抬不起来，

神箭在他手中成了普通的箭，威力大不如前。

"嗷！ 后羿，我刚好饿了。

你自己送上门来做我的食物，我怎么能拒绝呢！"

凿齿怒吼一声，凌空飞跃，

那长长的獠牙在阳光下闪烁着寒光。

---

①彤弓：朱漆弓。古代天子用以赐有功的诸侯或大臣使专征伐。《尚书·文侯之命》："用赉(lài)尔秬鬯(chàng)一卣(yǒu)，彤弓一，彤矢百。"孔传："诸侯有大功，赐弓矢，然后专征伐。彤弓以讲德习射，藏示子孙。"

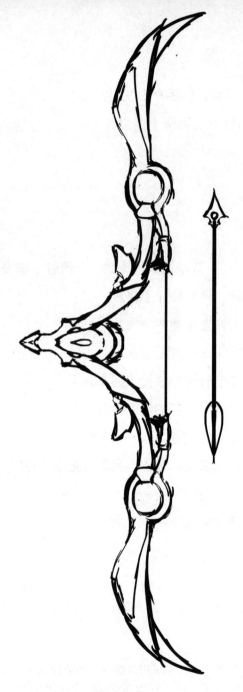

彤弓银箭。

四

后羿没想到自己居然变得这么弱!
面临凿齿的进攻,后羿并不慌张。
"彤弓、神箭,看你们的了!"
后羿屏气凝神,心里虔诚默祷。
彤弓和神箭被唤醒,自动搭弓上箭。
只听"嗖"的一声,
箭镞带着破风之力朝凿齿飞了过去。
只听见原野上"轰隆"一声巨响,
凿齿被射中心脏,从半空栽倒下来,
把坚硬的土地砸出一个大坑,
翻滚了两下便死了。

五

后羿又来到凶水①。

---

①凶水:古代水名。《淮南子·本经训》:"尧乃使羿诛凿齿于畴华之野,杀九婴于凶水之上。"高诱注:"北狄之地有凶水。"唐骆宾王《兵部奏姚州破贼设蒙俭等露布》:"不知玉弩垂芒,凶水无九婴之沴;瑶阶舞戚,洞庭有三苗之墟。"

面对凿齿的进攻,后羿并不慌张。

这里有一只猛兽叫九婴①,

他晃动着九个脑袋,九张嘴都能喷出洪水。

因为九婴的破坏,村庄只剩下一片废墟。

人们只要一提起他,没有不痛恨的!

后羿悄悄找到九婴的巢穴,发现他正在睡觉。

于是迅速拉弓射箭,正中九婴左边一个脑袋。

九婴痛得惨叫:"后羿,你找死!"

接着右边两张嘴巴对准后羿一齐喷水。

后羿纵身一跃,躲过了大水。

然后连发三箭,九婴右边三个脑袋应声而破!

六

"九婴,你若投降,答应从此不再伤害百姓,我便饶了你!"

后羿深知,猛兽妖怪,都是天地孕育的生灵,

若一味地赶尽杀绝,便会破坏天地间的平衡,

所以想给九婴一个机会。但九婴不识抬举:

"笑话,我从来就不知道什么是投降!"

---

①九婴:传说中的水火怪。亦用以喻邪恶凶残的人。《淮南子·本经训》:"猰貐、凿齿、九婴、大风、封豨、修蛇,皆为民害。"高诱注:"九婴,水火之怪,为人害。"

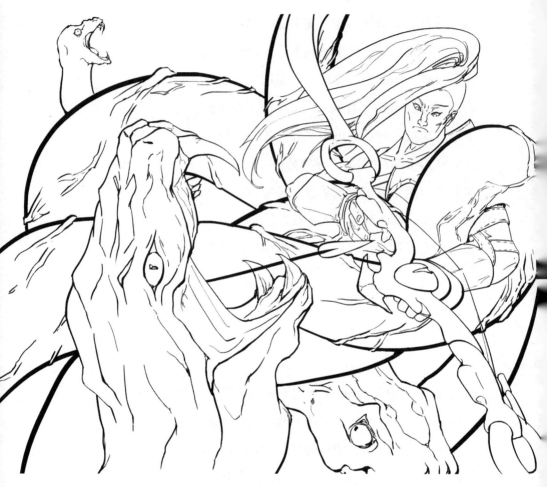

九婴右边两张嘴巴对准后羿一齐喷水。

后羿纵身一跃,躲过了大水。

然后连发三箭,九婴右边三个脑袋应声而破!

愤怒的九婴用尽所有妖术，
剩下的五张嘴巴同时喷水。
滚滚洪水席卷而来，
疲惫的后羿被洪水卷着往下漂流。
他一次次想站起来，
却又一次次被洪水冲走。
后羿在洪水中磕磕碰碰，弄得头破血流。
终于，他艰难地抱住了一棵大树。

七

后羿爬到树上，找了个不显眼的地方，牢牢站稳，
将他所有的神力全部灌注到五支神箭中，
瞄准在洪水中发狂的九婴。
五支神箭仿佛五条巨龙，
带着排山倒海的力量，
从洪水中逆流而上，飞速冲向九婴。
九婴想要躲避，哪里来得及！
五支神箭穿透九婴的五个脑袋，

后羿杀怪兽

洪水瞬间消散,九婴庞大的身躯倒在了凶水之中。

八

后羿又来到东方的青丘①,
这里有一只名叫大风②的老鹰。
他的身体有野猪那么大,
翅膀一扇,就能把大树连根拔起!
因为大风捣乱,原本葱绿的树林被毁坏。
青丘的生灵没有了庇护,
纷纷逃到其他地方。
后羿知道大风多力善飞,
为了能够顺利捉住他,
他在箭尾绑上了长长的青丝绳。
后羿潜伏在树林中,当大风飞过头顶时,
他一箭射去,正中大风的爪子。

---

①青丘:亦作"青邱"。传说中的海外国名。《吕氏春秋·求人》:"禹东至榑木之地,日出、九津、青羌之野……鸟谷、青丘之乡,黑齿之国。"

②大风:传说中的恶鸟名。性极凶悍,身体特大,振翼则起风。

后羿潜伏在树林中,当大风飞过头顶时,他一箭射去,正中大风的爪子。

九

大风吃痛，用力振翅朝天空飞冲，
阵阵狂风在青丘泽周围卷起，将林中东倒西歪的大树连根拔起，
将原本平静的湖水掀起滔天巨浪。
"大风，你是跑不掉的！"
后羿死死拽住青丝绳，不让大风逃脱。
大风飞不动，长啸一声，在空中不断翻滚。
但扎进爪子里的箭尾连着青丝绳，
他犹如空中的风筝，始终被后羿掌控着，
而且越翻腾爪子越痛。
大风没办法，落在了后羿面前：
"后羿，你要怎么样才肯放过我？"
后羿怕大风再飞走，仍然拽着青丝绳：
"大风，只要你从此不再作恶，我便放了你。"
大风怕了，点了点头说："好！"

十

后羿又收服了桑林①中发狂的野猪封豨②、洞庭湖里兴风作浪
的巨蟒修蛇③,
以及人面马足的吃人怪兽猰貐④。
人间终于恢复了宁静祥和。
天下百姓都感念英雄后羿,
到处传唱着关于他的颂歌。
小孩子们都开始学习拉弓射箭,
希望长大后能成为像后羿那样的英雄!

---

①桑林:古地名。相传为殷汤祈雨的地方。《墨子·明鬼下》:"燕之有祖,当齐之社稷,宋之有桑林,楚之有云梦也。"《淮南子·主术训》:"汤之时,七年旱,以身祷于桑林之际,而四海之云凑,千里之雨至。"

②封豨(xī):亦作"封狶(xī)"。即封豕。《楚辞·天问》:"封豨是射。"《淮南子·本经训》:"封豨、修蛇,皆为民害。"高诱注:"封豨,大豕;楚人谓豕为豨也。"

③修蛇:长蛇、大蛇。《淮南子·本经训》:"逮至尧之时,十日并出,焦禾稼,杀草木,而民无所食。猰貐、凿齿、九婴、大风、封豨、修蛇,皆为民害。"高诱注:"修蛇,大蛇,吞象三年而出其骨之类。"

④猰貐(yà yǔ):古代传说中的吃人猛兽,人的面貌马的脚。《山海经·海内西经》:"贰负之臣曰危,危与贰负杀窫窳。"

人间终于恢复了宁静祥和。

天下百姓都感念英雄后羿。

【衍说】

后羿（或羿）是神话中的射日英雄，也是传说中因为喜欢狩猎最后亡国的有穷国君。作为神话人物的后羿，据说是帝喾、尧帝时期在人间替民除害的英雄。他先射下九个太阳，后又射杀猛禽恶兽，从此百姓永保太平。然而，作为有穷国君的后羿则是一位不学无术、好吃懒做的昏君，被人们憎恨和唾弃。本文所讲的后羿是作为英雄的天神后羿。

先秦文献中关于后羿的记载并不多，而在我们所能看到的有关后羿的文献中，更多的是在不厌其烦地述说着"后羿是如何善射的"英雄形象，如《庄子·庚桑楚》："一雀适羿，羿必得之，威也。"本文中，后羿正是以其精湛的"射艺"除掉了作恶多端的恶禽怪兽，最终恢复了世间的平静，给人们带来和平与正义，让人们得以安居乐业。

后羿射日与后羿杀怪兽均属于救世神话，体现的是神话人物的救世情怀。后羿能排除万难，战胜怪兽，反映的是人们想要战胜自然灾害、征服自然的美好愿望。从形象上来看，后羿所射杀的这些猛禽恶兽非人非兽，长相奇特，很明显是人们臆想出来的。这些猛兽又都有一个共同点：为祸人间。后羿凭借非凡的个人力量，战胜了这些猛兽，在此处体现的就是中国救世神话的特点："厚德载物""自强不息"的民族精神和"真""善""美"的道德基因。

商周以前，中国没有历史，只有神话。中国神话有一显著特点，神话与史话杂糅，中国史家将神话看作历史，如伏羲女娲被司马迁列入三皇，王国维也在《古史新证》中说："即百家不雅驯之言，亦不无表示一面之事实。"后羿故事发生在尧帝时期，十日并出和猛兽为祸，一方面反映了当时自然环境和条件的恶劣，另一方面可能隐喻当时部落（酋邦）混战使得百姓生活在水深火热之中，就犹如十日并出炙烤大地、妖兽横行肆虐人间一样。

道德是中国神话的重要元素和核心意义。伏羲、女娲、后羿等神被描绘为具有最高道德标准的典范，令神之神圣有别于人之不完美。当人类遭受灾害和苦难时，便在心中期盼能有一个至高道德之神来解救他们，于是便出现了如女娲、后羿般舍弃一切为民除害的天神。

禅让之始——尧帝神话

棋痴丹朱

刘勤 严焱 撰
徐静 绘

【原典】

○（先秦）《尚书·虞书·益稷》："无若丹朱傲，惟慢游是好，傲虐是作。罔昼夜頟頟（é），罔水行舟。朋淫于家，用殄厥世。"

○（汉）司马迁《史记·五帝本纪》："尧知子丹朱之不肖，不足授天下，于是乃权授舜。授舜，则天下得其利而丹朱病；授丹朱，则天下病而丹朱得其利。尧曰：'终不以天下之病而利一人。'而卒授舜以天下。"

○（晋）张华《博物志·佚文》："尧造围棋，丹朱善之。"

○（清）茆泮林《世本·作篇补遗》："尧造围棋。"

【今绎】

一

怀胎十月，女皇①生下一个男孩。

风尘仆仆，尧帝终于赶回了家。

来不及歇口气，他迫不及待地抱起自己的长子。

只见孩子全身红彤彤的，像那初升的太阳；

头上胎毛根根竖立，似乎想要抓住温暖的阳光；

两只小眼睛乌黑发亮，直愣愣地盯着尧看——

"阿嚏！"孩子的喷嚏冷不丁地喷在尧脸上。

"臭小子，嫌弃你爹呢！ 准是个桀骜不逊②的家伙！"

尧边笑着，边爱怜地在孩子的屁股上拍了一巴掌。

"哇——"孩子放声大哭，脸色更加鲜亮。

这个孩子就是丹朱③。

———

①女皇：散宜氏之女，尧帝的妻子，丹朱的母亲。

②桀骜不逊：指凶悍倔强，傲慢不顺从。宋陈亮《酌古论·先主》："臣恐既解之后，胜者张势，败者阻险，桀骜不逊，以拒陛下。"桀骜，凶悍倔强。出自《汉书·匈奴传赞》："匈奴人民每来降汉，单于亦辄拘留汉使以相报复，其桀骜尚如斯，安肯以爱子而为质乎？"桀，原指夏王朝第十七代君王，历史上有名的暴君，夏朝最后一位当权者，后用以指残暴、凶暴。骜，马不驯良。

③丹朱：尧子名。《史记·五帝本纪》："尧知子丹朱之不肖，不足授天下，于是乃权授舜。"

二

丹朱长到五六岁的时候,族人们见到他总是说:

"哟! 这就是长公子吧! 长得可真像他父亲啊!"

"尧帝可贤能了! 丹朱,你要向你父亲学习哦!"

每当这时,丹朱总会扭过头,半信半疑地问母亲:

"他们说的是真的吗? 可是,母亲,父亲在哪里呀?"

"父亲在河道。 父亲在山岗。

父亲在沼泽。 父亲在丛林。

父亲在社里。 父亲又外出了。

父亲昨夜亲过你,可是一早又走了……"

丹朱着急了:"他亲我的时候,母亲您怎么不叫醒我?"

三

母亲都明白,

儿子为什么常常静坐在窗前向外张望;

为什么总是偷偷眼红别人家父亲的温暖;

为什么和伙伴们玩耍时,还时不时地瞟着家门口;

昨天晚上,梦里也呢喃着父亲……

母亲轻轻地叹了口气,把儿子搂在怀里,安慰道:

"父亲昨夜亲过你,可是一早又走了……"

丹朱着急了:"他亲我的时候,母亲您怎么不叫醒我?"

"丹朱啊,你的父亲和别人的父亲不一样,全族人都需要他!"

丹朱不想听,任由母亲搂着,把头歪向一边,

佯装去看天上的月亮,眼角的泪水却止不住地滑落。

四

父亲总是那么忙,

里里外外,忙的都是族里的事情。

那我呢? 他心里有我吗?

丹朱很想知道。

有一天,他失手把小伙伴弄成重伤。

尧帝闻讯大惊,急忙放下公务赶来。

丹朱终于看见父亲了!

他兴奋地伸出双手朝父亲跑去,

想要一个拥抱。

"啪!"尧不由分说①扇了丹朱一个耳光。

一股咸咸的东西渐渐流到丹朱唇边。

丹朱难以置信。

这就是我日夜思念的父亲吗?

---

①不由分说:不容人分辩、解释。出自元武汉臣《生金阁》:"怎么不由分说,便将我飞拳走踢只是打?"

这就是大家为我立的榜样吗?

他心里根本没有我! 他不配!

丹朱扭头就走。

五

一股戾气①无处宣泄,

他发誓要做个和父亲相反的人,

所以事事和他对着干——

成天无所事事,呼朋唤友,动不动就寻衅滋事,打架斗殴。

"丹朱啊,你再这样下去,你父亲尧帝该多失望啊!"

母亲揩着眼泪,规劝儿子。

"我就是要他失望! 他有什么资格做我的父亲!"

丹朱想到那不由分说的一巴掌,越说越气愤。

这一年,洪水泛滥,生灵涂炭,民不聊生。

尧忙着带领族人救灾,衣不解带②。

---

①戾气:邪恶之气、暴戾之气的意思。即残忍、凡事要做得狠、偏向走极端的一种心理或风气。中医学中有戾气一说,是和正气相反,和邪气相对应的。宋王巩《甲申杂记》:"一日,邑吏云甘露降。视松竹间光洁如珠。因取一枝视刘贡父,贡父曰:'速弃之,此阴阳之戾气所成,其名爵鍚,饮之令人致疾。'"

②衣不解带:形容辛勤侍奉,致使不能脱衣安睡。出自南朝宋刘义庆《世说新语·排调》刘孝标注引《中兴书》:"仲堪父尝疾患经时,仲堪衣不解带数年。"

丹朱无聊至极,干脆把船放在洪水中,

任船随波逐流,四处游玩,好不快活;

洪水消退,大船搁浅,

他又吆喝人们用纤绳拉船,陆上行舟①。

"嘿哟! 嘿哟!"瘦骨嶙峋的人们声嘶力竭地喊着号子。

丹朱却没心没肺地哈哈大笑:

"陆上行舟,我丹朱真是个天才!"

六

消息传来,犹如当头棒喝②,尧帝呆若木鸡。

这一夜,他彻夜难眠,思绪万千。

这就是我那初生时全身红彤彤的小可爱吗?

这就是族人们认为最像我的"长公子"吗?

他怎么会变成这样? 又是怎么变成这样的?

依稀记得他常常蹲在家门口翘首以盼父亲归来;

模糊听说他多么期待和父亲一起共进晚餐;

---

　　①陆上行舟:在陆地上行驶船只。这里指丹朱行事乖张。《尚书·虞书·益稷》:"无若丹朱傲,惟慢游是好,傲虐是作。罔昼夜頟頟,罔水行舟。朋淫于家,用殄厥世。"

　　②当头棒喝:佛教禅宗祖师为了打破学人的凡想迷情,棒喝交驰,作为特殊的施教方式。后以"当头棒喝"比喻促人醒悟的打击或警告。出自宋释普济《五灯会元》:"上堂,僧问:'如何是佛法大意?'师竖起拂子,僧便喝,师便打。"

丹朱无聊至极,干脆把船放在洪水中,
任船随波逐流,四处游玩,好不快活;
洪水消退,大船搁浅,
他又吆喝人们用纤绳拉船,陆上行舟。

仿佛听见他儿时半夜梦里呼唤父亲的呢喃；
隐约浮现起他犯错挨揍后桀骜不逊的眼神。
尧突然发现他关于丹朱的记忆是如此枯竭！
从他出生到现在，中间的内容几乎是空白。
想到这儿，尧不禁打了个寒战。
我错过了儿子多少成长岁月啊！
众人都说，我是他的榜样，其实错了！
我或许算得上是个称职的部落首领，
但是实在不是一个合格的父亲啊！
我亏欠丹朱的，又何止一朝一夕。

七

尧帝决定为丹朱做点什么，以父亲的名义。
不管多忙，他尽量每天抽出点时间陪儿子。
至少是让他在睡前或者起床时能看到自己。
实在不得已，尧帝也会托人给丹朱带口信。
一天，尧帝看见一群小孩子在玩石子，茅塞顿开①：
既然儿子丹朱喜欢玩乐，我就给他发明一个游戏吧！

---

①茅塞顿开:喻闭塞的思路,由于得到启发,忽然开通了。出自《孟子·尽心下》:"山径之蹊间,介然用之而成路;为间不用,则茅塞之矣。今茅塞子之心矣!"

弯腰捡拾，石砾作棋子，
盘腿一坐，大地为棋盘。
玩伴不须多，两人就很好，
黑与白两色，区分敌和我。
抢夺敌方资源和地盘，消灭敌人有生力量；
保存我方战斗实力，步步为营，稳中求变。
小小棋盘，就像部落氏族之间的战场一样，
虽是无声厮杀，但刀光剑影同样惊心动魄。
据说中国围棋就是这么诞生的。

八

丹朱很聪明，很快便被围棋吸引住了。
首先，尧帝要和丹朱约定规则。
可是丹朱无拘无束惯了，不太配合。
"无规矩，不成方圆。万事万物，都是有规则的。
小至一盘围棋，大至一个部落；由人一瞬间的行为，便可知他一生的修为。
欲取之，必予之。一张一弛，天之道。"
尧帝爱怜地抚摸着丹朱的头，仿佛又回到了他初生的时候。
尧帝随手拿起一枚棋子，语重心长地对丹朱说：
"儿子啊，人一生下来，不过一张白纸。

小小棋盘,就像部落氏族之间的战场一样,虽是无声厮杀,但刀光剑影同样惊心动魄。据说中国围棋就是这么诞生的。

我们在上面涂涂画画，最后画上句号。

每个人都像是一枚棋子，每一局扮演着不同的角色。

或进或退，或放浪或谨重，或傲视群雄或虎落平阳①，

表面看起来是输赢，核心却是规则。"

九

丹朱听得入了迷，

不知不觉中，月亮已升至中天。

朦胧的月光从虚掩的门照射进来，

正好铺洒在父亲尧帝的身上。

今日眼前的父亲，确与往日不同了。

那爬满皱纹的眼角，飞扬着智慧；

那有些嶙峋的臂膀，诠释着厚重；

那干瘦粗糙的手掌，抚平着伤痛。

虽然有些道理丹朱还不是很明白，

不过来日方长，父亲总会给我解答。

他仰过脸去，假装去看外面的月亮，

激动的泪水却再也止不住滚落下来。

――――――

①虎落平阳：平阳，地势平坦明亮的地方。老虎离开深山，落到平地里受困。比喻有势者失势或英雄落魄。出自清钱彩《说岳全传》第四回："虎落平川被犬欺。"

十

从此以后,丹朱整日痴迷于围棋,
即便是一个人,也可以下上个一整天。
画棋盘、做棋子、思考棋路变化,
几乎成了他的全部生活。
白天,他四处去找人下棋;
晚上,他自己和自己对弈。
手握棋子,他犹如坐帐中军,指挥杀敌;
落子棋盘,他早已运筹帷幄①,尘埃落定。
很快,部落里没有一个人是丹朱的对手。

十一

有一次,他边吃饭边琢磨,
结果一不小心把棋子吞进肚子里去了。
还有一次,丹朱在梦中与神仙对弈,
沉睡了三天三夜,与神仙大战了三百回合,

---

①运筹帷幄:筹,计谋、谋划;帷幄,古代军中帐幕。指拟定作战策略。引申为筹划、指挥。在军帐内对军略做全面计划。常指在后方决定作战方案。也泛指主持大计,考虑决策。出自《史记·高祖本纪》:"夫运筹帷幄之中,决胜于千里之外,吾不如子房。"

很快,部落里没有一个人是丹朱的对手。

最后竟不分胜负!

醒来后,他蓬头跣足①,顾不上吃饭,

赶紧把梦中精妙的棋招画出来,

又闭门三月,反复琢磨、消化。

人们都说,丹朱成了"棋痴"。

十二

尧帝年事渐高,开始考虑继承人的问题。

大臣们炸开了锅,纷纷提出自己的人选。

外面风起云涌,丹朱却两耳不闻窗外事,一心只下圣贤棋。

有人说:"丹朱心思缜密,保疆护民,他最合适。"

尧帝摇摇头,说:

"我把帝位传给舜,天下老百姓都会得到好处。

我的儿子丹朱,就让他做棋痴吧!"

后来有人问丹朱:"关于帝位,你真的心如止水?"

丹朱盯着棋盘,头也不抬:"为君难,为民易。

父亲自有定夺。"

最后,尧帝把帝位禅让给了舜。

---

①蓬头跣(xiǎn)足:头发散乱,双脚赤裸。形容人衣冠不整的样子。

丹朱盯着棋盘,头也不抬:"为君难,为民易。父亲自有定夺。"

最后,尧帝把帝位禅让给了舜。

【衍说】

　　《史记》说:"尧知子丹朱不肖。"丹朱的"不肖"究竟有何表现呢?《尚书·虞书·益稷》说得比较具体:丹朱傲慢、游手好闲、无水行舟、花天酒地。所以最后尧认为丹朱"不足授天下,于是乃权授舜"。关于尧帝禅让的公案,我们在多篇故事中都有讲到,此不赘述。本文的故事,显然不是就事论事,而是将丹朱故事与儿童教育相结合,做了一番比较深入的思考。因此,故事的关注点落在了丹朱的性格形成上。

　　父爱是孩子成长中不可或缺的部分。丹朱的童年,父亲只是偶尔的剪影。小孩子是需要精神榜样的,许多男孩子的第一个偶像都是自己的父亲。众人口中的明君,自然也成了丹朱的偶像。

　　尧扮演着许多角色:丈夫、父亲、首领……他是个称职的部落首领,但却不是一个合格的父亲。洪灾来临,丹朱不仅没有和族人一起抗洪抢险,反而坐船游玩;洪水退去,他还吆喝族人"陆上行舟"。这事像一记耳光狠狠地扇在尧的脸上,让他看到自己孩子成长中存在的严重问题:因为父亲的缺位,孩子的心理发育不健康。作为一个男子汉,他没有学会担当,甚至连最起码的怜恤之心都没有。

　　所幸的是,尧比很多不合格的父亲醒悟得早,他敢于直面自己的失败。他要弥补，决心回归父亲角色。"围棋"成为他送给儿子的第一个礼物。通过观察，他发现了孩子的特长，挖掘了孩子的潜能。"围棋"是爱的链接，让尧和丹朱从此父子连心。亡羊补牢，为时未晚。此时的丹朱，被温暖的父爱滋润着，健康茁壮成长。他发展了自己的爱好，仔细琢磨研究，最后终于成为围棋始祖，成就了"棋痴"美誉。

孩子的心智发展还不完善，有时为了引起家长的关注而故意调皮捣蛋；有时陷入人生的迷途而自暴自弃。这些都是不可取的。作为孩子，一方面，要找时间和良师益友沟通、交流；另一方面，要相信天生我材必有用，找准自己的位置，确立正确的人生价值观。与其浑浑噩噩，不如多学多练，提升自己。

此外，这里还有个"大材"与"小材"的问题。在尧的臣子看来，丹朱去做国君才是"大材"，才算是实现了抱负和理想，但尧却并不这么认为。尧选择了更适合做国君的舜作为王位的继承人，而让丹朱发展个人的围棋爱好。这不仅出于尧的一颗公心，还出于尧对舜和丹朱不同特点、特长的认知，显然是明智的抉择。不管是"大材"还是"小材"，适合自己，才是"真材"，才能"成材"。

重明鸟

刘勤 王自华 撰
王舒啸 绘

【原典】

○（汉）郭宪《洞冥记》："有远飞鸡，夕则还依人，晓则绝飞四海，朝往夕还。……名曰翻明鸡。"

○（晋）王嘉《拾遗记》："尧在位七十年……有祇（zhǐ）支之国，献重明之鸟，一名双睛，言双睛在目，状如鸡，鸣似凤，时解落毛羽，肉翮而飞。能搏逐猛兽虎狼，使妖灾群恶不能为害。饴以琼膏，或一岁数来，或数岁不至。国人莫不扫洒门户，以望重明之集。其未至之时，国人或刻木，或铸金，为此鸟之状。置于门户之间，则魑魅丑类，自然退伏。今人每岁元日，或刻木铸金，或图画为鸡于牖上，此其遗像也。"

○（唐）刘赓《稽瑞》："何龟八眼？何鸟没羽？"自注："尧时僬侥民贡没羽也。"

附：

○袁珂《中国神话大词典》："《拾遗记》卷一称尧时有祇支之国，献重明之鸟，'时解落毛羽，肉翮而飞'，疑即此鸟。"

【今绎】

一

尧帝的仁爱,

不仅让本国的人民沐浴在幸福的光辉里,

也让邻国的人民感到温暖。

但凡是老百姓合理的请求,

尧帝都会慷慨地给予帮助。

他的美名传到了遥远的地方。

尧帝在位第七十年的时候,

祇支国的国王,为了表达感激和敬意,

便派人献上了他们的传世国宝——

重明鸟①。

二

呀! 重明鸟和别的鸟儿真不一样!

它的样子有点像鸡,又有点像老鹰。

----

①重明鸟:又叫双睛鸟,一只眼睛里面有两个瞳子。形状像鸡,鸣叫的声音像凤凰。据说它时常把羽毛解落下来,光着身子在天空中飞翔。

尧帝在位第七十年的时候,
祗支国的国王,为了表达感激和敬意,
便派人献上了他们的传世国宝——重明鸟。

它左右两边眼睛中，各有两个瞳孔。
圆溜溜的、亮晶晶的，
像一颗颗璀璨①的蓝宝石。
在一个个漆黑的夜晚，
重明鸟隐遁②在树枝上，
就靠着这四个神奇的瞳孔，
把世界看得真真切切、明明白白。

三

重明鸟有一对金色的大翅膀，
张开时，"唰"的一声，
就像瀑布从九天③落下来，
平地刮起一股凌厉的风。
它飞得又高又远，
一扇翅膀，就可以飞三万里。

---

①璀璨：光彩绚丽。东晋孙绰《游天台山赋》："琪树璀璨而垂珠。"
②隐遁：隐居远避尘世。《后汉书·宣秉传》："遂隐遁深山，州郡连召，常称疾不仕。"
③九天：谓天空最高处。《孙子·军形》："善攻者,动于九天之上。"

它的样子有点像鸡,又有点像老鹰。
它左右两边眼睛中,各有两个瞳孔。
它的声音,很像凤凰的鸣叫。
不过,当它搏击妖怪的时候,
它的声音就变得十分凄厉,让人听了不寒而栗。

四

它吃的是玉膏①,

喝的是甘露。

它的声音,很像凤凰的鸣叫,

是那样清脆悦耳!

像金勺敲击玉盘的声音,

又像山涧里叮咚的泉水,

滋润着一切美好的灵魂②。

不过,当它搏击妖怪的时候,

它的声音就变得十分凄厉,

让人听了不寒而栗。

五

重明鸟是多么喜爱光明啊!

对于邪恶的、黑暗的力量,

---

①玉膏:玉的脂膏,古代传说中的仙药。《山海经·西山经》:"丹水出焉……其中多白玉,是有玉膏。其原沸沸汤汤,黄帝是食是飨。"

②灵魂:迷信认为附在人的躯体上作为主宰的一种非物质的东西。灵魂离开躯体后人即死亡。《楚辞·九章·哀郢》:"羌灵魂之欲归兮,何须臾而忘反。"

它绝不姑息①纵容②!

无论它们在哪里,

无论它们有多强大,

重明鸟都会战斗到底。

随着尧帝渐老,

那些曾经被尧帝制服的妖怪们,也开始蠢蠢欲动。

其中有一群狼猪怪,

趁着暗夜,已经冲破了牢笼!

六

这些凶神恶煞③般的妖怪们,

曾被尧帝关押在永不见日的羽渊④。

---

①姑息:无原则地宽容。唐李肇《唐国史补》:"德宗自复京阙,持生事,一郡一镇,有兵必姑息之。"

②纵容:对错误行为不加制止而任其发展。明冯梦龙《醒世恒言·两县令竞义婚孤女》:"家长在家日,纵容了你;如今他出去了,少不得要还老娘的规矩。"

③凶神恶煞:凶恶害人的鬼神。亦用以形容人的形貌或举止凶恶可怕。许地山《女儿心》:"黑老爷也是面团团,腹便便,绝不像从前那凶神恶煞样子。"

④羽渊:羽山之渊,亦为神话中的死亡和重生之所。《左传·昭公七年》:"……(鲧)神化为黄熊,以入于羽渊。"东晋王嘉《拾遗记》卷二:"鲧自沉于羽渊。"《穆天子传》卷三:"爰有陵衍平陆,硕鸟解羽,六师之人,毕至于旷原。"郭璞注:"下云'北至旷原之野,飞鸟之所解其羽',《山海经》云'大泽方千里,群鸟之所生及所解'。"

那些曾经被尧帝制服的妖怪们,也开始蠢蠢欲动。其中有一群狼猪怪,趁着暗夜,已经冲破了牢笼!

他们眼看着尧帝的年岁大了,便叫嚣①:

"那尧帝已经垂垂老矣②,镇不住我们啦!"

"我要吐火烧光这个世界,我要复仇!"

"啧啧啧,好久没有吃过美味的羊肉了!"

……

七

黑夜被撕裂,暗影在林间穿梭。

一个像猪又像狼的庞然大物③,

在西边的森林里乍隐乍现。

它的牙缝挤出股股"嘶嘶"声,流着涎水,

它的鼻孔喷出阵阵冷气,到处嗅着猎物,

它的到来,造成一片惊恐的喧嚷④……

在阴冷的星空下,

鸟儿们奔走相告,唱响了哀歌,

---

①叫嚣:大声叫喊吵闹。唐柳宗元《捕蛇者说》:"悍吏之来吾乡,叫嚣乎东西,隳突乎南北。"

②垂垂老矣:渐渐老了。唐杜甫《和裴迪登蜀州东亭送客逢早梅相忆见寄》:"江边一树垂垂发,朝夕催人自白头。"

③庞然大物:形容体积大而笨重的东西。后多用来形容表面上很大而实际却很脆弱的东西。柳宗元《三戒·黔之驴》:"虎见之,庞然大物也。"

④喧嚷:喧哗,大声喊叫。鲁迅《彷徨·孤独者》:"门外一阵喧嚷和脚步声,四个男女孩子闯进来了。"

重明鸟

哀叹生命的离场,却无能为力。

八

这一切,早已被嫉恶如仇①的重明鸟所洞悉②。
"这狼猪怪实在太可恶了!
我一定要捉住它,还世间以安宁!"
重明鸟怒目圆睁,心中暗暗发誓。
它振翅高飞,用四个瞳孔在黑夜里搜索、巡视。
瞧! 那满地一堆堆血肉模糊的是什么?
它们发出"咩咩"声,微弱而颤抖。
对,是小绵羊!
在狼猪怪的撕咬下,它们正一群群死亡。

九

"嘿! 狼猪怪在这里!"
说时迟那时快,

---

①嫉恶如仇:对坏人坏事如同对仇敌一样憎恨。清梁绍壬《两般秋雨庵随笔·蔡木龛》:"(翁)嫉恶如仇,所有白眼者,出一语必刺入骨。"
②洞悉:透彻地知道。明归有光《司训袁君莅奖序》:"至于人情事变,立谈之间,无不洞悉。"

重明鸟振翅腾飞到半空,顿时变得像鹏鸟一般巨大!

它像闪电一样,穿透密林,照亮黑暗,直刺得狼猪怪睁不开眼。

重明鸟振翅腾飞到半空，

顿时变得像鹏鸟①一般巨大！

它像闪电一样，穿透密林，照亮黑暗，

直刺得狼猪怪睁不开眼。

"什么东西？居然敢坏我好事！"

狼猪怪发出一阵恼羞成怒②的嚎叫，

张嘴向重明鸟射出密密麻麻的毒箭。

"多行不义必自毙③！"

重明鸟腾空而起，躲开毒箭，一回扇翅膀，

那些毒箭就都折了回去，

全射到了狼猪怪身上！

十

中了毒箭的狼猪怪，痛得拼命挣扎。

重明鸟俯冲过去，

---

①鹏：中国神话传说中最大的一种鸟，由鲲变化而成。《庄子·逍遥游》："北冥有鱼，其名为鲲。鲲之大，不知其几千里也。化而为鸟，其名为鹏。鹏之背，不知其几千里也。怒而飞，其翼若垂天之云。"

②恼羞成怒：因气恼和羞愧而恼怒。清李宝嘉《官场现形记》第六回："那抚台见是如此，知道王协台有心瞧他不起，一时恼羞成怒。"

③多行不义必自毙：不义的事情干多了，必然会自取灭亡。《左传·隐公元年》："多行不义必自毙，子姑待之。"

用鹰一般的利嘴叼起狼猪怪,

把它们一只接一只地扔进羽渊。

尧帝这次更加谨慎①,加固了牢门,增派了防守,

并祭出了万年寒冰,下了这样的咒语②:

"黑暗羽渊,太阳永远不能到达。

光明,要那恶灵改过自新③来拿!"

尧帝转身望着远空,喃喃自责:

"我的确老了。 应该寻找更贤明的人来接替我了。"

十一

世界恢复了和平,重明鸟却消失了。

有人说曾看见它每年都会回来一次,

不过因为与妖魔生死搏斗,金色羽毛全都落光了。

也有人说它从来也没有再出现过,

---

①谨慎:言行慎重小心,以免发生有害或不幸的事情。《榖梁传·桓公三年》:"父戒之曰:'谨慎从尔舅之言。'母戒之曰:'谨慎从尔姑之言。'"

②咒语:旧时僧、道、方士、神巫等施行法术时所念的口诀。《水浒传》第三九回:"(戴宗)口里念起神行法咒语来。"

③改过自新:改正错误,重新做人。《史记·孝文本纪》:"妾伤夫死者不可复生,刑者不可复属,虽复欲改过自新,其道无由也。"

还有人说,它被天帝派去镇守①冥界了,
它到底去哪儿了? 谁也不知道。
但是我们相信,哪里有黑暗和邪恶,
哪里就会有重明鸟。

---

①镇守:指军队驻扎在重要的地方防守。《后汉书·伏湛传》:"车驾每出征伐,常留镇守,总摄群司。"

世界恢复了和平,重明鸟却消失了。
有人说曾看见它每年都会回来一次,
不过因为与妖魔生死搏斗,金色羽毛全都落光了。
也有人说它从来也没有再出现过……

【衍说】

　　本故事中,重明鸟有两个特点引人注目:一是它每只眼睛有两个瞳孔;二是其外形似鸡。这两个特点,反映的都是太阳崇拜,寄托着先民对美好生活的深切期盼。

　　我国历史上历来不乏关于眼睛的记载。在创世神话"盘古开天辟地"中,盘古的左右眼便化为太阳和月亮;在三星堆青铜器里,也有很多表现人眼睛的器物。其中有一个青铜大面具,眼球极为夸张,瞳孔部分呈圆柱状,向前突出,长达16.5厘米,直径19.5厘米,令人印象深刻。为什么会有这么多关于眼睛的记载与历史文物?这与古人的眼睛崇拜有关。

　　甲骨文常以"目"代"首",因"目"为人"首"中最灵之处,《孟子·离娄上》就有"存乎人者莫良于眸子"之说。古人认为,眼睛是能自己发光的,依靠眼睛,能洞察一切,可用眼睛的威慑力量来表现威严与神性。无怪乎重明鸟一出场,就给人一种"目光如炬"的感觉。眼睛崇拜的背后,体现的是太阳崇拜。虽然眼睛与太阳相差十万八千里,但有三点是相同的:首先是数量,天上的太阳和月亮是两个,而人和动物的眼睛也是两个;其次是人和动物的眼珠是圆形的,而太阳、月亮也是圆形的,形状上它们有相似性;最后,在古人看来,太阳、月亮是能发出光亮的(地理学中,月亮是不能发光的,"月亮"的准确称呼应该改为"月球"),而在人和动物的器官上,只有眼睛才能闪闪发光,在属性上具有一致性。(张福三《太阳崇拜与异形眼睛——从广汉三星堆青铜器发掘说起》)基于此,重明鸟因其"重明",也被赋予光明的意义。

重明鸟外形似鸡。鸡者,吉也。鸡在中国古代文化中,尤其是在上古文化中被奉为"神鸟"。在"盘古开天辟地"的创世神话里,也有"天地混沌如鸡子"的说法。《汉书·东方朔传》记载天地初开的第一日是鸡日。"金鸡一鸣天门开,日月星辰齐出来。"这种"鸡啼日出,鸡生物习性与太阳运转(实为地球自转)的天然耦合,组成了太阳鸟原型"(王辰《唐前小说中的"鸡"》)。这种鸡、日结合意象,成为远古先民太阳崇拜的一个重要内容。当然,"三更灯火五更鸡",人们对鸡深怀好感,同时还由于在长期的生活中,鸡已经成为勤奋守纪、认真负责、勇武刚毅、坚持操守的仁人志士、正人君子的象征。从这个角度来看,崇尚正义和光明的重明鸟,自然"非鸡莫属"。

许由拒尧

刘勤 高蓉 撰
韩玲 绘

【原典】

○（战国）《论语·泰伯》："子曰：'笃信好学，守死善道。危邦不入，乱邦不居。天下有道则见，无道则隐。邦有道，贫且贱焉，耻也；邦无道，富且贵焉，耻也。'"

○（战国）《庄子·逍遥游》："尧让天下于许由，曰：'日月出矣，而爝火不息，其于光也，不亦难乎？时雨降矣，而犹浸灌，其于泽也，不亦劳乎？夫子立而天下治，而我犹尸之！吾自视缺然。请致天下。'许由曰：'子治天下，天下既已治也，而我犹代子，吾将为名乎？名者，实之宾也。吾将为宾乎？鹪鹩巢于深林，不过一枝。偃鼠饮河，不过满腹。归休乎，君！予无所用天下为！庖人虽不治庖，尸祝不越樽俎而代之矣。'"

○（汉）蔡邕《琴操》卷下《河间杂歌》："《箕山操》，许由作也。许由者，古之贞固之士也。尧时为布衣，夏则巢居，冬则穴处，饥则仍山而食，渴则仍河而饮。无杯器，常以手捧水而饮之。人见其无器，以一瓢遗之。由操饮毕，以瓢挂树，风吹树动，历历有声。由以为烦扰，遂取损之。以清节闻于尧，尧大其志，乃遣使以符玺禅为天子。于是许由喟然叹曰：'匹夫结志，固如盘石。采山饮河，所以养性，非以求禄位也；放发优游，所以安己不惧，非以贪天下也。'使者还，以状报尧。尧知由不可动，亦已矣。于是许由以使者言为不善，乃临河洗耳。樊坚见由方洗耳，问之：'耳有何垢乎？'由曰：'无垢，闻恶语耳。'坚曰：'何等语者？'由曰：'尧聘吾为天子。'坚曰：'尊位何为恶之？'由曰：'吾志在青云，何乃屑屑为九州伍长乎？'于是樊坚方且饮牛，闻其言而去，耻饮于下流。于是许由名布四海。"

○（晋）皇甫谧《高士传·许由》："尧让天下于许由……不受而逃去……由于是遁耕于中岳颍水之阳，箕山之下……尧又召为九州长，由不欲闻之，洗耳于颍水滨。时其友巢父牵犊欲饮之，见由洗耳，问其故。对曰：'尧欲召我为九州长，恶闻其声，是故洗耳'。巢父曰：'子若处高岸深谷，人道不通，谁能见子？子故浮游欲闻求其名誉，污吾犊口！'牵犊上流饮之。"

○（晋）皇甫谧《高士传·巢父》："巢父者，尧时隐人也。山居不营世利，年老以树为巢而寝其上，故时人号曰巢父。"

○（清）茆泮林《世本·作篇补遗》："倕作规矩准绳。垂，舜臣。垂作耒耜，垂作耒耨，垂作铫耨，垂作耜，垂作铫，垂作耨。"

【今绎】

一

尧帝一天天老了,

他踏遍九州,想要寻个贤人来继承自己的帝位。

这一天,尧帝路过阳城①,向这里的百姓打听:

"你们这里有没有贤人啊?"

"有啊,我们这里有个叫许由②的人,

他知识渊博,贤德高尚。"

尧帝非常开心。

二

第二天,他沐浴更衣,亲自登门造访。

许由住在一间茅草屋里。

---

①阳城:春秋时楚国贵族的封邑。《文选·宋玉〈登徒子好色赋〉》:"嫣然一笑,惑阳城,迷下蔡。"李善注:"阳城、下蔡,二县名,盖楚之贵介公子所封,故取以喻焉。"唐李商隐《无题》诗:"春风自共何人笑?枉破阳城十万家。"

②许由:亦作"许繇",传说中的隐士。相传尧让以天下,不受,遁居于颍水之阳,箕山之下。

许由拒尧

尧帝恭敬地向许由行礼,说:

"听闻您是阳城最贤德的人,我想把这天下托付给您。"

许由清高地斜眼看了尧一眼,撇了撇嘴说:

"你走吧,我是不会去做什么天下之主的!"

三

尧帝连续三天亲自过去拜访,

都被许由拒之门外。

许由害怕尧帝再来打扰他,

就连夜收拾东西,

逃到箕山①下的颍水②边去居住了。

尧帝四处打听许由的行踪,

得知许由去了颍水边,又追了过去。

四

尧帝叹了口气说:"既然您不愿意做帝王,

---

① 箕(jī)山:山名。位于河南省登封市东南,相传尧时巢父、许由隐居在此,后来伯益亦避禹子启于此山之北。

② 颍水:颍河,古称颍水。相传因纪念春秋郑人颍考叔而得名。其主要支流为沙河,因此也被称为沙河或沙颍河。

许由害怕尧帝再来打扰他，就连夜收拾东西，逃到箕山下的颍水边去居住了。

那就请您随我回去做九州①长吧!"

许由听了,更加厌烦地摇了摇头:

"我连帝王都不想做,还会去做什么九州长吗?"

许由将尧帝赶走了,然后来到颍水边,

用河水清洗自己的耳朵。

五

巢父②牵着一头小青牛③过来饮水,

看到许由奇怪的行为,

不解地问:"老朋友,你这是在干什么啊?"

许由笑了笑:"尧帝想请我去做九州长,

这种话简直是在污染我的耳朵,所以我来洗洗耳朵。"

---

①九州:古代分中国为九州,说法不一。《尚书·禹贡》作冀、兖、青、徐、扬、荆、豫、梁、雍;《尔雅·释地》有幽、营州而无青、梁州;《周礼·夏官·职方》有幽、并州而无徐、梁州。后以九州泛指天下、全中国。《楚辞·离骚》:"思九州之博大兮,岂惟是其有女?"

②巢父:传说为尧时隐士。晋皇甫谧《高士传·巢父》:"巢父者,尧时隐人也,山居不营世利,年老以树为巢而寝其上,故时人号曰巢父。"

③青牛:《史记·老子韩非列传》:"于是老子乃著书上下篇,言道德之意五千余言而去,莫知其所终。"司马贞《索隐》引汉刘向《列仙传》说:"老子西游,关令尹喜望见有紫气浮关,而老子果乘青牛而过也。"后因以"青牛"为神仙道士之坐骑。

许由听了,更加厌烦地摇了摇头:
"我连帝王都不想做,还会去做什么九州长吗?"

六

巢父更加疑惑了,说:

"尧帝是位贤德的帝王,

他请你去做九州长,是信任你,

怎么就污染你的耳朵了呢?"

"哞哞——"

巢父身旁的小青牛听了,

鼻子朝许由喷了口气,翻了个白眼,

不耐烦地甩了甩尾巴。

七

许由桀骜①地说:

"我是个淡泊名利的人,

最不喜欢的就是权势和名利。"

巢父听了,鼻孔里"哼"了一声:

"算了吧,老朋友。

你要是真的淡泊名利,

就该躲到深山里永远不出来。

----

①桀骜:凶悍倔强。鲁迅《华盖集续编·记念刘和珍君》:"我平素想,能够不为势利所屈,反抗一广有羽翼的校长的学生,无论如何,总该是有些桀骜锋利的,但她却常常微笑着,态度很温和。"

巢父听了,鼻孔里"哼"了一声:
"算了吧,老朋友。
你要是真的淡泊名利,
就该躲到深山里永远不出来。
你自己到处显摆,造就了'贤德'的名声,
现在又来装什么清高!"

你自己到处显摆，造就了'贤德'的名声，
现在又来装什么清高！"

八

说完，巢父头也不回，
牵着小青牛径直来到许由的上游。
小青牛正要低头喝水，
许由生气地跑过来制止，说：
"巢父，什么意思！ 你让你的牛在我上游喝水，
弄脏了河水，我还怎么洗耳朵？"

九

巢父嘲讽地说：
"后稷①善于农事，便不辞劳苦教人们稼穑；
倕②拥有慧心巧手，便尽心竭力教人们制作工具；
我的小青牛将来长大了还能帮我犁地、驮东西；

---

①后稷：本指谷神。此处特指周弃。姬姓，周之先祖。相传姜嫄履天帝足迹，怀孕生子，因曾弃而不养，故名之为"弃"。虞舜命为农官，教民耕稼，称为"后稷"。

②倕（chuí）：古巧匠名。相传尧时被召，主理百工，故称"工倕"。

你空有贤人的名声,却不愿为天下百姓做事!
像你这种沽名钓誉①的人,还不如我的小牛呢!"
一席话说得许由哑口无言。
小青牛低下脑袋,开心地喝着河水,
大屁股正对着羞红了脸的许由。

①沽名钓誉:沽,买;钓,用饵引鱼上钩,比喻骗取。用某种不正当的手段捞取名誉。《管子·法法》:"钓名之人,无贤士焉。"《后汉书·逸民传序》:"彼虽硁硁有类沽名者。"

一席话说得许由哑口无言。

【衍说】

《论语·泰伯》记载:"大哉尧之为君也! 巍巍乎! 唯天为大,唯尧则之。荡荡乎! 民无能名焉。巍巍乎其有成功也,焕乎其有文章!"孔子夸赞尧德堪比天德,最重要的原因就在于他"让天下"的为政创举。这一行为被后世帝王和民众广为颂扬。

许由,究竟是否真有其人,学术界众说纷纭。据《说文解字》及段玉裁注,许由的字面意思是许之、由之,即"听之任之",这正是"让"的含义。历史上,许由被誉为圣人。传说他"为人据义履方,邪席不坐,邪膳不食"(晋皇甫谧《高士传》)。所以帝尧去寻访他,想把天下交给他,但许由却拒绝了。

许由拒尧,看似许由孤高清傲,传达的却是道家治天下的最高智慧"藏天下于天下"。所以许由说:"子治天下,天下既已治也,而我犹代子,吾将为名乎?"如果只是为了沽名钓誉而治天下,那许由我宁愿不去。

许由的境界看起来已经很高了,但实际上庄子真正推崇的却是巢父。巢父说:"子若处高岸深谷,人道不通,谁能见子? 子故浮游,欲闻求其名誉,污吾犊口!"巢父认为许由的行为才是真正的沽名钓誉,因为真正的"道"是毫无显露、不着痕迹、无为而为的。

许由和巢父的思想所传达的都是道家的出世思想。中国历史上，道家出世思想多在国家衰亡、天下大乱时兴盛。彼时贤士能人空有德行、本领，无处施展，只能被埋没，故选择"藏拙"于归隐。这也正是中国文化史上著名的"进－退"现象。所以，"进"也好，"退"也罢，都是要"顺其自然"，不可"逆天而行"。

《论语·里仁》中孔子强调"让"的政治意义："能以礼让为国乎，何有？不能以礼让为国，如礼何？"这里的"让"意味着"不伐善，不逞才，不尸权，不竞利"，进一步达到"尽（天下）人之才，达（天下）人之情"。（陈赟《"尧让天下于许由"：政治根本原理的寓言表述》）但是，如果有才华，却不奉献于社会，这不叫"让"，而是吝啬；这不是"名副其实"，而是"沽名钓誉"。这正是巢父对许由的批评。

从国家的层面说，人尽其才，物尽其用，这个国家就能兴盛。从个人来说，将自己的价值发挥到极致，就是成功。尽管每个人生来的天赋秉性不同，有的人天资聪颖，有的人资质平庸，但这又有什么关系呢！正所谓"天生我材必有用"，只要奉献一片赤诚，便会找到自己应有的位置和属于自己的价值。

尧帝禅位

刘勤苏德 撰
韩玲 绘

【原典】

○（先秦）《尚书·尧典》："曰若稽古帝尧，曰放勋，钦、明、文、思、安安，允恭克让，光被四表，格于上下。克明俊德，以亲九族。九族既睦，平章百姓。百姓昭明，协和万邦。黎民于变时雍……帝曰：'咨！四岳。朕在位七十载，汝能庸命巽朕位？'岳曰：'否德，忝帝位。'曰：'明明扬侧陋。'师锡帝曰：'有鳏在下，曰虞舜。'帝曰：'俞？予闻，如何？'岳曰：'瞽子，父顽，母嚚，象傲；克谐以孝，烝烝乂，不格奸。'帝曰：'我其试哉！女于时，观厥刑于二女。'厘降二女于妫汭，嫔于虞。帝曰：'钦哉！'"

○（先秦）《尚书·舜典》："慎徽五典，五典克从；纳于百揆，百揆时叙；宾于四门，四门穆穆；纳于大麓，烈风雷雨弗迷。帝曰：'格！汝舜。询事考言，乃言底可绩，三载。汝陟帝位。'舜让于德，弗嗣。"

○（战国）《庄子·让王》："舜以天下让善卷。善卷曰：'余立于宇宙之中……日出而作，日入而息，逍遥于天地之间，而心意自得。吾何以天下为哉！'"

○（战国）《吕氏春秋·下贤》："尧不以帝见善绻，北面而问焉。"

○（战国）《吕氏春秋·贵生》："尧以天下让于子州支父，子州支父对曰：'以我为天子犹可也。虽然，我适有幽忧之病，方将治之,未暇在天下也。'天下,重物也,而不以害其生,又况于他物乎?"

○(汉)司马迁《史记·五帝本纪》:"尧曰:'悉举贵戚及疏远隐匿者。'众皆言于尧曰:'有矜在民间,曰虞舜。'……于是尧妻之二女,观其德于二女。……于是帝尧老,命舜摄行天子之政,以观天命。舜乃在璇玑玉衡,以齐七政。"

○(三国魏)嵇康《太师箴》:"子州称疾,石户乘桴;许由鞠躬,辞长九州。"

○(唐)王维《过沈居士山居哭之》诗:"善卷明时隐,黔娄在日贫。"

○(元)郭居敬《全相二十四孝诗选》:"舜,瞽瞍(gǔ sǒu)之子。性至孝。父顽,母嚚,弟象傲。舜耕于历山,有象为之耕,有鸟为之耘。其孝感如此。帝尧闻之,事以九男,妻以二女,遂以天下让焉。"

【今绎】

一

尧帝老了,
他想将王位让给更贤明的人,
可是一直都没有合适的人选。
他因此非常焦虑。

二

尧帝听说隐士许由是个贤人。
他找到许由,真诚地对他说:
"即将落山的太阳,再红也比不过火炬的光芒;
即将停歇的大雨,再努力也比不过水库的含量。
我老了,不中用了。 而您年轻有为,品德高尚。
请您来接替我治理国家好不好?"

三

许由兀自打扫着庭院，头也没抬：

"这国家已经被你治理得很好啦！

现在我去接替你，是想背负一身虚名吗？

名声和钱财这样的东西，我才不需要呢！

鹪鹩①在森林中筑巢，不过占用一根树枝，

鼹鼠②到大河边饮水，不过喝满它一肚子。

你还是趁早打消这个念头，早点回去吧。

天下对于我来说，根本就没有什么用处！"

四

尧帝听说子州支父③是难得的仁爱友善之人，

于是又想把王位让给他。

子州支父听说后连连摇头，推辞说：

---

①鹪鹩（jiāo liáo）：棕褐色而具黑色条纹，身体短胖。性格活泼怕人，终年取食毒蛾、螟蛾、天牛、小蠹、象甲、蜻象等农林害虫，为农林益鸟。栖息于灌丛中，栖止时，常从低枝逐渐跃向高枝。鸣声清脆响亮。

②鼹鼠：一种哺乳动物。头尖，吻长，四肢短小，身体矮胖，外形似鼠。

③子州支父：姓子，名州，字支父，是尧帝时期的隐士。《吕氏春秋·贵生》记载尧想把天下让给子州支父，他婉言谢绝："以我为天子犹可也。虽然，我适有幽忧之病，方将治之，未暇在天下也。"

尧帝去拜访许由,许由兀自打扫着庭院,头也没抬。

尧帝听说子州支父是难得的仁爱友善之人，
于是又想把王位让给他。
子州支父听说后连连摇头，再三推辞。

"尧帝啊，真对不住，最近老夫身患幽忧之病①，
已经收拾好行李，准备去外地求医。
这一去，蹚水过河，翻山越岭，
我实在是没有工夫去治理天下啊！
您老还是再去找找别人吧！"

五

尧帝后来又找到善卷②，
但是善卷也不接受。
尧帝三番五次地上门去说禅位的事情，
他干脆躲进深山老林里生活，
后来竟不知去向了。
尧帝望着远山缭绕的云雾，
感到莫名沮丧。

六

一天，尧帝把大臣们召集到一块儿，说：
"唉，天下之事最大，我终究不能放心。

---

①幽忧之病：大概即今日所谓忧郁症。
②善卷：又称单卷相，单父人（今山东菏泽单县），尧舜时隐士。据传尧欲禅位于他，善卷辞帝不受，归隐枉山（今湖南常德德山），德播天下。

你们觉得谁可以继任王位,治理国家啊?"

大臣们议论纷纷。 随后有几个齐声说道:

"您的大儿子丹朱就可以做我们的首领!"

不少大臣也附议:

"是啊,丹朱身强力壮,勇猛无敌。

那年蛊雕①为害,到处食人。

他与蛊雕在鹿吴之山,肉搏三日三夜,美名远扬!"

尧帝摇摇头,叹了口气,说:"知子莫如父。

他虽然勇敢,但不懂得谦让。 我怎么放心把天下交给他啊!"

七

这时,一个叫驩兜②的大臣说:

"水神共工③,掌管江海湖泽,治理水患全靠他,

---

①蛊雕:一种似鸟非鸟的食人怪兽,样子像雕,有角,叫起来像婴儿啼哭。《山海经·南山经》:"又东五百里,曰鹿吴之山。上无草木,多金石。泽更之水出焉,而南流注于滂水。水有兽焉,名曰蛊雕,其状如雕而有角,其音如婴儿之音,是食人。"

②驩(huān)兜:亦作欢兜、驩头,不同记载有多种变体。相传为苗族先民的首领,代表一个有五千多年渊源的古老部族。曾加入炎黄部落联盟和华夏联盟。因与共工、三苗"作乱",与治水不成的鲧一同被称"四罪",被舜流放到崇山。

③共工:又作龚工,一说为中国上古神话人物,洪水之神。一说共工为氏族名,又称共工氏。还有说共工是轩辕黄帝时代的部落名,与驩兜、三苗、鲧等合为"四凶"。

一天，尧帝把大臣们召集到一块儿，说："唉，天下之事最大，我终究不能放心。你们觉得谁可以继任王位，治理国家啊？"

让他来继承您的事业是再合适不过了。"

尧帝还是摇头:"共工行为莽撞,不知变通之法。

这样的人怎么能继承王位呢?"

四岳又推荐颛顼的儿子鲧①:

"鲧也不错啊,他出身名门,功勋卓著。"

尧帝仍然摇头:"他刚愎自用②,总是听不进别人的意见,难成大事啊!"

"那还有谁呢……"大家都陷入沉思。

过了一会儿,突然有人说:

"听说妫水氏族③里有个穷小子叫舜④,

他天生双瞳⑤,勤劳孝顺,深受百姓爱戴。

家有瞽父、恶母、顽弟,却能与其和睦相处。"

---

①鲧(gǔn):中国上古时代神话传说人物。姓姒,字熙,有崇氏,帝颛顼之子。鲧禹治水是中国最著名的洪水神话。鲧是大禹的父亲,有崇部落的首领,曾经治理洪水长达九年。传说鲧因与丹朱、舜争夺部落联盟共主之位失败而被流放至羽山,死因不明。一说"帝令祝融杀鲧于羽山"。总之,鲧是一个悲剧色彩浓厚的治水英雄。

②刚愎自用:形容一个人过分自信,完全听取不了别人的意见,十分固执。出自《左传·宣公十二年》:"刚愎不仁,未肯用命。"

③妫(guī)水氏族:妫姓,中国古姓之一。与姚姓同源,出自五帝之一的虞舜。是以居邑名称为姓。《元和姓纂》载:"姚,虞帝生于姚墟,子孙以姚为氏。"

④舜:姚姓,有虞氏,名重华,中国上古时代父系氏族社会后期部落联盟首领。生于姚墟,一说生于诸冯,治都蒲阪(今山西永济)。被后世列入五帝,史称帝舜、舜帝。尧帝禅让虞舜,成为千古佳话,故"唐尧虞舜"也成为理想政治时代的象征。

⑤双瞳:一个眼睛里有两个瞳孔。据说舜的两眼之中都有双瞳仁,所以又名"重华"。

尧帝听罢，满脸乌云散去，长长地舒了一口气：

"这舜，或许才是我要找的人呢！"

八

舜那时生活在历山，那是一个很偏远的地方。

尧帝跋山涉水，一路上，逢人就问：

"你觉得舜这个人怎么样？"

孩子们说："他勇猛无敌，野象犼①狮都能被他驯服！"

青年们说："他智慧超群，诉讼纷争经他皆能化解！"

老人们说："他仁厚孝顺，继母后弟他对待无微不至！"

尧帝听了很满意："这才是能继承王位的人呀！"

九

尧终于来到了历山。

听说舜正在田间耕地，便赶往田间。

远远地，尧帝看见一个青年赶着两头大象，

一头白象，一头黑象，

---

①犼(hǒu)：传说中的一种似狗而吃人的北方野兽。《集韵》："犼，兽名，似犬，食人。"一说它是龙族克星，好食龙脑。民间流传着这样一种说法："一犼可斗三龙二蛟。"

听说舜正在田间耕地,便赶往田间。

远远地,尧帝看见一个青年赶着两头大象。

正在专心致志地耕地。

一群鸟儿叽叽喳喳，

衔着种子，争前恐后地帮他播种。

走近了，尧帝见他手中拿着根鞭子，

奇怪的是，也没见他用来抽打大象。

当象的速度慢下来的时候，

他就挥鞭打一下挂在大象身上的簸箕，

紧接着再吆喝一声，

两头大象的速度就又快起来了。

十

尧帝看了很疑惑，上前问道：

"年轻人，你为什么只打簸箕而不打偷懒的象呢？"

舜见有老人问，于是拱手作揖①回答说：

"大象耕田已经很辛苦了，再用鞭子打，于心何忍哪！

我打簸箕，黑象以为我打白象，白象以为我打黑象，

它们心里都鞭策自己再加把劲，我又何必鞭打它们呢！"

尧帝一听，觉得这个青年既善良又有智慧，

应该就是那个叫舜的人了。

---

①作揖：行礼形式。两手抱拳高抬，身体略弯，两脚并放，以示敬意。

十一

尧帝已经找到了可以继承他王位的舜,
而且这次,舜欣然接受了尧帝的委任。
不过,尧帝还想再考察一下舜的才能,
就把自己的两个女儿娥皇和女英嫁给他。
让她们暗中观察舜的品德是不是符合标准;
又把自己身边的九个亲信安排在舜的周围,
让他们秘密考量舜的言行是不是符合规范。

十二

舜在历山耕种,人们再也不争田界;
在雷泽打鱼,人们都邀请他去居住;
在河滨制陶,那里很快就聚集成一个村镇。
民间到处都在传颂舜的功德和品行。
尧帝知道后很高兴,为他送去了絺衣①和古琴。
赐给了他好多牛羊,还给他修筑了大房子。
终于,尧帝在九十五岁的时候把王位传给了舜。

————————

①絺(chī)衣:细葛布衣。

舜欣然接受了尧帝的委任。

不过,尧帝还想再考察一下舜的才能,

就把自己的两个女儿娥皇和女英嫁给他。

【衍说】

"尧帝禅位"的故事最早见于《尚书·尧典》。其后的《论语》《墨子》《孟子》等儒家经典著作附和之。《庄子·逍遥游》中增添了尧帝寻访贤才许由和子州支父的故事。尧帝打算禅位给许由,奈何许由推辞不就。又寻访子州支父,打算禅位给他,没想到又是碰壁。汉代司马迁又综合了《尚书》《论语》《孟子》等诸家说法,写成《五帝本纪》和《夏本纪》,将尧舜故事更加美化。西晋皇甫谧的《高士传》,也对部分情节进行了添补、渲染。今山西《洪洞县志》中有尧帝访舜的故事。其中说到尧帝见舜驾黑牛和黄牛耕地的记载,这显然是后来的附会。据《山海经》,牛耕始于后稷之侄叔均,在舜之后。《吕氏春秋·古乐篇》曾记载:"商人服象,为虐于东夷。"《淮南子·墬形训》亦记载:"阳气之所积,暑湿居之……其地宜稻,多兕象。"彼时舜耕于历山,帮助他耕作的正是象。象耕不如牛耕先进,大概主要的技术就是踩踏,将青肥、粪肥和于泥中。学界也多认为,舜的弟弟象,正是野象的演变。补于此,以备一说。

"尧帝禅位"的故事之所以流传得这么久远,与人们对贤明君主的期盼不无关系。《礼记·礼运》曾记述了孔子的感叹:"大道之行也,天下为公,选贤与能,讲信修睦。故人不独亲其亲,不独子其子。使老有所终,壮有所用,幼有所长,矜寡孤独废疾者,皆有所养……是谓大同。"而孔子所称赞的这个大同世界,即五帝时代。他所推崇大道,是以德服人的王道思想。尧禅位于舜,舜禅位给禹。这些帝王都受到各部族发自内心的拥护。凭借的是共识,权衡的是道德。1993年10月出土于湖北省荆门市沙洋区的郭店竹简《唐虞之道》中,有这样的论述:"唐、虞之道,禅而不传。尧、舜之王,利天下而弗利也。禅而不传,圣之盛也。利天下而弗利也,仁之至也。故昔贤仁圣者如此,身穷不贪,没而弗利,穷仁矣。必正其身,然后正世,圣道备矣。故唐虞之道,禅也。"我们这里姑且不去说"禅让制"的真假,也不去追溯其复杂的根源。但毋庸置疑的是,"禅让制"本身在中国古代产生了深远的影响。后世文人将其作为回归理想王朝的梦想,后世君主将其视为开明政治的范本。当然,后世王朝也不乏"假禅让"的闹剧。

后 记

　　本来打算于年初出版的这套新书《中华远古神话衍说·三皇五帝》(共八本)，因为疫情的影响，只得延后出版。 不过，这也才使原本因为忙碌而缺失的后记有机会补上。

　　2020年春节，这场突如其来的新冠肺炎，一方面拉大了人与人之间的距离，甚至于隔绝或永别，另一方面也无形中缩短了人们心灵的距离。 泱泱中华，空前团结，用德行感动着世界。 疫情如同一面照妖镜，照出世间百态，照出国际风云。 与此同时，也放慢了我们的脚步，让我们有了更多时间去回忆、去思考、去展望。

　　诚然，中华民族自古以来就具有勇于担当、不畏艰险的精神。 这套丛书里的故事，无论是大家比较熟悉的《夸父逐日》《精卫填海》《女娲补天》等，还是比较陌生的《青要山女罗》《黄帝斩恶夔》《孤独的旱魃》等，无不体现着这种精神。 中华民族还是个崇尚天道、充满仁爱的礼仪之邦，这体现在《三年成都》《承云之歌》《凤鸟立志》等故事中。 此外，中国古代的民主和法制精神，同样也可以在本丛书的故事中找到，如《绝地通天》《后土与噎鸣》《陆吾和英招》等。 甚至有对人性的思索，如《简狄和建疵》《神奇的大耳国》《月仙泪》等。当然，每一篇神话故事，我们若从不同的角度去思考和解读，又会有不同层面的获得。但有一点是共通的，那就是我们在祖述我们伟大祖先和神话英雄的同时，难道不也正是在千百遍地肯定着、传播着这些精神吗？统而言之，与西方神灵崇尚个人主义、高高在上不同，中国神灵崇尚家国天下，始终关怀着民生、代表着民意。

荣格早就指出，对于散失了灵魂的现代人来说，神话意味着重新教会我们做人。坎贝尔用他神话学专业的敏感告诉人们，古老神话永恒地释放着正能量。关于神话，摩尔根、马克思、恩格斯，其实都有过卓有见识的探索，对于其中所蕴含的人类智慧质素，也从不吝赞美。神话思维，与务实、中庸等一样，同样是我们这个民族的基因。

神话是一个民族的根。它连接着古代与现代，使伟大祖先和神话英雄们的血液仍在我们身体里汩汩流淌。传承是我们信仰的核心。越是久远，越是本质。朋友们，跟随这套书，来进行我们的文化寻根吧！不仅是自己的寻根、孩童的寻根，更是每一位中华儿女的寻根。这不是历史的考证的寻根，而是想象的心理的寻根，这才是真正的本质的寻根，才是"我从哪里来""我要到哪里去"的寻根。所寻之根，血脉之源，生命所系，民族所倚，万物所梦。

我写这套书有几个促因。

以我个人在神话研究领域的工作来说，这是我所做努力的第二个阶段。第一个阶段是从性别文化的角度对中国古代神话做整体性研究。2004年的夏天,我师从恩师李诚先生进行硕士阶段的学习,由此开始了我的神话研究之旅。后来,我的博士研究方向,依然是中国古代神话。在恩师项楚先生的指导下,三年的深耕细作,别有洞天。工作以后,在忙碌的教学之余,我仍然舍不得放弃神话研究,先后主持完成了"女性神灵研究""性别文化视域下的神话叙事研究""从厕神看中国文化的基质与动力""中国厕神信仰考论"等神话类课题。尤其是2014年我主持国家社科基金项目"中国厕神信仰考论"时,对中国神话的存在状态和意义又有了新的认知。我渐渐感受到,中国是不缺乏优秀文化的。

同年10月15日,习总书记在北京全国文艺工作座谈会上指出,文化是民族生存和发展的重要力量,文化自信是更基础、更广泛、更深厚的自信。因此,当代社会需要结合新的时代条件传承和弘扬中华优秀传统文化,不断增强中华优秀传统文化的生命力、影响力,增强中华儿女的文化自信,实现中华文化的创造性转化和创新性发展。

在此过程中,越来越多的人参与到传承经典、发扬文明的大潮中来,近年掀起的"国学热"就是其中一例。我理解,"文化自信"的本质,就是对民族之根的自信;"国学热"的背后,就是对民族之根的追求。如前所述,中国神话连接着古代与现代。时至今日,伟大祖先和神话英雄们的血液仍在我们身体里汩汩流淌。中国神话,是最相宜的寻根之路。随后我便开设了一门选修课"中国古代神话"。在授课的过程中，很多学生对神话非常感兴趣。我在梳理神话原典的同时，也常加上自己的研究心得，拓展开来，不知不觉讲了一个学期。不过那时，我的主要精力不在此，对神话的普及工作还未做深入的思考。

2015年5月，我的女儿上颐满三岁。她开始对神话特别感兴趣。这时，我也有机会开始系统搜罗神话普及类读物。但结果却让我疑惑：怎么会没有写给我女儿的神话故事呢？在中国的大地上，竟然西方神话故事多于中国神话故事，难道中国神话故事就那么寥寥无几吗？百年来，中国神话研究已经取得了丰硕的成果，但这些研究成果被束之高阁，大众无法触及。市面上的神话读物，大体有以下几个倾向。第一，故事重复、陈旧。第二，或是死守原典的直接翻译，或是无甚依据的随意改编。第三，也有取材于学术论著者，但专业性太强而大众审美性、可读性不足。第四，教育意义比较单一、生硬，未能与时俱进。而且，最为关键的是，大众对神话的理解并没有比一百年前更先进。神话本是一个民族的根，却被误认为是迷信；它本是一个国家的自信，而被误认为不切实际；它本是如今仍然汩汩流淌在我们身体里的鲜血，却被误认为是早已僵死在氏族时代的枯槁。正值经典阐释如火如荼的时代，我们为何唯独忘了神话？一想到这里，我便萌生出做一套大众类神话读物的愿想，产生了讲好中国神话故事的想法，甚至努力暂时撇开日常杂事，试着从专业学科的角度来思考谋划。一方面，可以讲给女儿听听，也算我作为母亲的一片心意。另一方面，也想弥补"国学热"中的一个缺环。

不久，好友许诗红的"力文斋"画室搞活动，邀请我去做嘉宾。她是个非常出色的画家，一手创办的"力文斋"也已经走过了21个春秋。多少孩子在这里收获了精湛的画艺、脱俗的审美，以及精彩的人生，她大概已经记不清了。那天，我们举办了"你讲我画"活动，即我讲神话故事，孩子们绘画。活动非常成功。后来我的朋友、学生们也积极参与进来。此后，我们又在成都周边的多所学校中多次组织这类活动，取得了很好的效果。这段随缘经历不仅让我获得了不少"讲故事"的技巧，更让我了解了大众（尤其是青少年儿童）对于神话故事的渴求、对于文化寻根的执着。与此同时，我要出版一套普及类中国古代神话小书的愿望更加迫切了，而且书写形式也更明晰了。

让我感到无比幸福的是，不少朋友听说这件事后主动给我打电话、发微信，表示对这套小书很感兴趣，希望在条件允许的情况下，能出一份绵薄之力。他们有的是大学教授、高级教师、律师、作家、心理咨询师等已经工作了的"社会人"，有的是我一手带大的研究生"娃娃"。李进宁、严焱、高蓉、付雨桁、税小小等参与部分文本写作；王自华、杨陈、王春宇、李远莉、苏德等不仅参与部分文本写作，还参与了出版前的校对工作；安艳月、王舒啸、韩玲等参与部分插画的绘制……凡为此书有过贡献者，我均已署名，在此不一一列举。特别是在我出国客座那一年,上述诸君为此书付出的心血与精力,是非常令人动容的。此间的汗水与泪水,狮子山下的509专家工作室可以见证;此间的情谊与幸福,早已经浸润在我们共同的作品中。

此外,我还特别感谢施维、陶人勇、肖卫东、许诗红等老师的指导,以及李诚、刘跃进、叶舒宪、周明等先生的推荐。感谢生活·读书·新知三联书店慧眼识珠,不遗余力地给予支持。正如前言所说,这套书的创新性是显而易见的,但是肯定还存在着不少问题,真切希望各位读者能不吝赐教,以便于我们进一步改进,讲好中国故事。

弹指五载,白驹过隙。启动此事,米儿才三岁,转眼就八岁了。参与者中有好几位母亲,应该和我感同身受吧!插画小组的韩玲,我初见她时,还是个苗条的小姑娘,转眼就做母亲了。我总预感,读者不仅能从这套丛书中读到有趣的神话,肯定也能嗅出几分母爱的天性吧!

最后,谨以此书献给雷上颐、林子言、梁泠芃、王晨曦、王艺晗小朋友。

是为记。

彦序　上颐斋

2020年4月29日